PEREGRINO TRANSPARENTE

LARGO RECORRIDO, 183

Juan Cárdenas
PEREGRINO TRANSPARENTE

EDITORIAL PERIFÉRICA

PRIMERA EDICIÓN: enero de 2023
DISEÑO DE COLECCIÓN: Julián Rodríguez

© Juan Cárdenas, 2023
© de esta edición, Editorial Periférica, 2023. Cáceres
info@editorialperiferica.com
www.editorialperiferica.com

ISBN: 978-84-18838-62-0
DEPÓSITO LEGAL: CC-01-2023
IMPRESIÓN: Kadmos
IMPRESO EN ESPAÑA – PRINTED IN SPAIN

La editora autoriza la reproducción de este libro, total
o parcialmente, por cualquier medio, actual o futuro, siempre
y cuando sea para uso personal y no con fines comerciales.

A la memoria de Julián Rodríguez Marcos, el gran artesano

PRIMERA PARTE

GORGONA
1850-1852

Φύσις κρύπτεσθαι φιλεῖ

HERÁCLITO (DK 22 B 123)

En estos días he dejado que mi cabeza se pierda en una fantasía irresponsable, sin ningún propósito intelectual. Es algo que sencillamente sucede dentro de ella, de esa cabeza, en forma de imágenes que se van desplegando por sí solas, arrastradas por un ansia oscura.

Paso horas sentado a mi mesa con la mirada perdida en la ventana, dejando que la historieta se desarrolle como quien deja leudar la masa viva de un pan que nadie amasó.

Es una especie de aventura, un wéstern, quizá, acerca de un humilde pintor de iglesias.

Pensándolo con detenimiento veo que la fantasía tiene su origen en la holgazanería de estos días inciertos, pero también es evidente que surge de mi lectura ociosa de *Peregrinación de Alpha*, de Manuel Ancízar, un libro prácticamente olvidado y que a duras penas leen los especialistas en literatura colombiana del siglo xix.

Publicado primero por entregas en el periódico *El Neogranadino* (1850-1851) y dos años después en un volumen, *Peregrinación de Alpha* es la crónica de viajes por las provincias del centro y el norte de la república de Colombia –entonces llamada Nueva Granada– en el curso de la Comisión Corográfica, un ambicioso proyecto científico cuyos principales objetivos eran la descripción de la geografía humana del país, el levantamiento de mapas y la ubicación de recursos con potencial económico en el territorio nacional.

Como sucede con muchos libros latinoamericanos de la época, en la *Peregrinación* se mezclan la novela de aventuras, el cuaderno de apuntes sociológicos, el inventario de prodigios naturales, la etnografía a mano alzada o el acopio de tradiciones y rumores populares. Esta clase de libros suelen ser excepcionales en la medida en que, para inventar un país, tienen que construir un género literario muy raro, una especie de monstruo de Frankenstein que es, asimismo, un reflejo de cierto diletantismo que caracteriza a los intelectuales de esa parte del mundo.

Todo cuanto se narra en el libro de Ancízar parece a la vez familiar y ajeno. En muchos sentidos esas provincias de Colombia no han cambiado desde entonces. Sigue habiendo en ellas lugares remotos, asombrosamente pobres, personas estrafalarias y supersticiosas. Sigue habiendo algunos bosques, algunos páramos, algunos animales y plantas como los que se describen en el libro. Y, al mismo tiempo, el relato cobra tanto más interés por la circunstancia de que todo ha cambiado radicalmente en los últimos ciento setenta años.

En esos mismos territorios donde Ancízar debía atravesar llanuras y desfiladeros para encontrar una villa miserable, algún pueblito próspero de gente robusta y pacífica, uno que otro caserío cerril, ahora, empezando la segunda década de este siglo, gobiernan allí las mafias que se benefician del narcotráfico, la explotación ilegal de minerales, los monocultivos, la ganadería extensiva, la compraventa de votos en tiempos electorales, la extracción de maderas. La guerra de las materias primas, en definitiva. En 1850

Colombia era un lugar de gran agitación política, pero estaba lejos de ser el reino del horror en que se convertiría tiempo después. La vinculación a los mercados internacionales, uno de los sueños de esas mismas expediciones científicas del siglo XIX, tomaría la forma de una larga y dolorosa procesión de productos tropicales: quina, tabaco, café, esmeraldas, plátano, caucho y, por fin, nuestro producto estrella, la cocaína, que nos otorgó un dudoso rol protagónico en esos mercados.

Con todo y eso, nuestro país no se distingue mucho de lo que sucede en otras regiones del mundo. Colombia es sólo un pequeño capítulo de la truculenta historia del capitalismo. Y así como uno es libre de sospechar que en 1850 las cosas de la vida republicana se estaban preparando para arrastrarnos hasta la guerra que vivimos hoy y que, en definitiva, la flecha del tiempo sólo podía avanzar en esta dirección trágica, ahora, leyendo el libro de Ancízar y dejando que el western crezca y crezca dentro de mi cabeza, se me antoja pensar que esta historieta, más que una triste fábula sobre la autodestrucción civilizatoria, apunta a otro lugar, quizá menos funesto.

Una dulce antorcha ilumina las paredes interiores de la caverna donde se pintan mis imágenes.

La lectura del libro de Ancízar también es muy intrigante y divertida por el lugar ambiguo de su narrador ante lo que va descubriendo durante el viaje. Como miembro oficial, secretario y cronista de la Comisión Corográfica, el autor hace un esfuerzo por lucir como un agente del progreso, un sujeto moderno, sin otros principios que la razón y la ciencia; un hombre preocupado por la educación del pueblo, plenamente consciente de su labor como desencantador de lugares embrujados y azote de las telarañas espirituales que nublan el entendimiento de las gentes del primitivo país. Y, al mismo tiempo, a pesar de este rol de héroe civilizador, la *Peregrinación* es también un catálogo de curiosidades, de asombros ante la intensa belleza de los territorios, de historias fantásticas, de rumores amasados en la conversación popular. La superficie irónica apenas logra disimular la revolución de sentimientos encontrados que tiene lugar en el corazón del relato.

Hallándose de paso por las poblaciones que rodean la laguna de Fúquene, ubicada a una altura de 2.550 metros sobre el nivel del mar, cerca de Bogotá, los viajeros zarpan en una canoa para explorar mejor aquel paraje andino y, en particular, las islas deshabitadas. Se trata de un lugar frío, húmedo, barrido por rachas de un viento hueco y sin cabeza, resignado a trastear jirones de neblina hacia ninguna parte.

Ancízar sabe que aquella laguna era un sitio sagrado de los indios muiscas, quienes, perseguidos por los conquistadores españoles, se habían refugiado en una de las islas lacustres durante años, hasta que el dueño de la hacienda de Simijaca los obligó a salir por la fuerza en 1791.

«Explorada la islita, hallé de trecho en trecho señales de sepulturas en que los tristes emigrados se hacían enterrar, siempre a la banda del cerro que mira al pueblo, como si aun después de muertos buscaran el consuelo de los hogares queridos de otro tiempo», dice el cronista, antes de mandar a abrir una de las tumbas, casi expuesta debido a las lluvias. El labriego encargado de la profanación trabaja a disgusto exhumando la guaca, donde encuentran, dice, «catorce *morrallas* o esmeraldas imperfectas, varias cuentas de piedras muy gastadas, los restos de un esqueleto […] y finalmente una olla de barro cocido» con forma de rostro humano. Ancízar se apresura a declarar que no ha mandado abrir la tumba con la esperanza de encontrar algo tan vulgar como un tesoro, pues en aquella zona nunca han desenterrado guacas de gran valor en oro, plata o piedras preciosas. Lo hace, explica, en busca del cráneo para «establecer algunas conjeturas frenológicas».

Decepcionado, pues todos los huesos se encuentran pulverizados por la corrosiva humedad del terreno, el explorador le pide al labriego que vuelva a cubrir la fosa.

Más tarde, desde la canoa observan, esparcidos por los lindos valles y las cuatro islas, discretos cultivos de papa, trigo, maíz, un puñado de vacas y algunos rebaños de ovejas. Con esto y el abundante pescado de la laguna, se nos explica, los habitantes obtienen sustento de sobra para intercambiar en los mercados cercanos, adonde llegan navegando por el río Suárez a lomos de unas balsas construidas con juncos que el cronista considera semejantes a enormes tortugas. «Trescientos años de conquista y cuarenta de libertad política e industrial han pasado por allí sin dejar huella», dice Ancízar, y luego añade: «El político podrá lamentar esta situación de las cosas; mas el filósofo la aplaude y casi la envidia en el fondo de su corazón».

Pero la laguna de Fúquene no es la única que se van a topar los viajeros durante su recorrido por aquellas provincias. De hecho, una de las observaciones más recurrentes en estos pasajes del libro tiene que ver con una hipótesis acerca de los orígenes geológicos de todo el sistema de lagos de alta montaña que todavía existe en esa zona de la cordillera. Según las observaciones que realizan los científicos durante el curso de la expedición, aquellos cuerpos de agua no serían otra cosa que vestigios de un mar interior de agua dulce que habría existido hasta hace apenas unos miles de años. Ancízar, apoyado por las hipótesis de Agustín Codazzi, director de la Comisión, está seguro de que la principal causa de la desaparición de ese superlago habría sido algún fenómeno geológico, quizá un terremoto, que rompió una de las puertas de contención naturales y provocó un auténtico diluvio en las tierras bajas.

Según el narrador, el más sólido testimonio de la pasada existencia del mar interior es una gran piedra con jeroglíficos indígenas a las afueras del municipio de Saboyá, a escasas dos leguas –unos diez kilómetros– al norte de Chiquinquirá, el pueblo más importante de la zona por hallarse allí un santuario dedicado a una aparición mariana. Los viajeros de la Comisión conjeturan que aquellos extraños signos, donde predominan las formas abstractas, aunque también se reconocen figuras animales, como «una rana con rabo, emblema de que se valían los chibchas para representar las aguas abundantes», son un monumento construido por los antiguos pobladores de la región para dejar testimonio de la gran catástrofe natural. «Es evidente –escribe Ancízar– que Saboyá y sus cercanías nunca estuvieron sumergidas, y que sus moradores pudieron presenciar el cataclismo conmemorado por la Piedra-pintada, tan súbito y espantoso que debió impresionarles de una manera extraordinaria.»

El hombre de ciencia lamenta que quizá nunca podremos descifrar con exactitud aquellos símbolos, debido al «estólido espíritu de destrucción que predominaba en los Conquistadores», quienes, con el pretexto de su lucha contra el diablo, redujeron a cenizas todas aquellas «preciosidades inocentes o por ventura los archivos históricos de los chibchas», que habrían podido servir de guía para entender su cultura y, por qué no, hasta la *escritura* consignada en esa piedra.

Los conquistadores y los religiosos, dice Ancízar, «eran iguales en este punto: todos nutridos con las ideas bárbaras y asoladoras de la Inquisición; y por cierto que, si el Diablo los vio alguna vez en el afán de quemar los anales y monumentos americanos, lejos de enojarse hubo de aplaudir a los ejecutores, puesto que trabajaban en beneficio de la ignorancia, verdadero y acaso único Diablo, causa de los crímenes que deshonran y degradan el linaje humano».

Unas semanas después, con la expedición de paso por la provincia de Vélez, al noreste, se encuentran con un hombre del pueblo, «letrado en veredas y cursado en caminos», que les habla con gran reverencia y temor acerca de una laguna de los montes cercanos que, según él, está encantada. Los viajeros de la Comisión se burlan de aquellas supersticiones, pero el hombre, «socarrón y sencillote», no se deja amedrentar por los sabihondos de la capital. Y es tal su empeño, tanto el convencimiento acerca de las habladurías, que Ancízar no tiene más remedio que transcribir todo el relato, demostrando de paso su gran oído para captar las voces populares: «Pues figúrese vusté que se ven por sobre del agua unas calabazas muy blancas y muy bonitas: ¡Dios me libre de cogerlas! Aquí hubo un hombre forastero que no conocía las cosas de la tierra y, caminando para la Florida, columbró las calabazas, cogió dos de las chiquitas, las echó en la ruana y siguió su viaje. A poco empezaron a venir nubes y nubes sobre el monte, y de ahí a llover, y después a tronar y ventear y caer rayos que daba miedo: era que la laguna se había puesto brava. El forastero seguía, pero no podía rejender por el barro porque las calabazas le pesaban mucho en demasiado. Como ya se le escurecía y se cansaba con el peso, soltó las puntas de la ruana para botar las calabazas y, con permiso de sumercedes, cayeron al suelo no las calabazas, sino dos sierpes amarillas, tamañotas, que echaron a correr para la laguna, que entonces se aquietó».

Es posible que los conquistadores hayan destruido los archivos históricos prehispánicos, pero en las palabras de la gente del pueblo, al menos en 1850, se seguían pintando las mismas figuras de las antiguas piedras: espirales de viento, la calabaza dorada que se desenrosca en serpiente, que se vuelve flecha, que se vuelve rayo ante la mirada del sapo con rabo, símbolo de aguas abundantes.

En Colombia no hay estaciones, pero eso no debería autorizar a nadie a establecer el estúpido contraste entre el clima «ordenado» de las regiones civilizadas y el supuesto caos de los trópicos. Aunque sea por pura prudencia, nadie debería estar en posición de hacer una apología del desfile militar de las estaciones versus el carnaval de los climas ecuatoriales. En los trópicos hay un orden, sin duda, estaciones secas y estaciones húmedas, pero también hay un principio de lo irregular y lo asimétrico. En los Andes septentrionales, por ejemplo, donde yo crecí, la cordillera fragmenta todos los espacios y se forman unos archipiélagos climáticos que, pese al aparente aislamiento, funcionan como sistemas que dependen unos de otros. Lo que sucede en una de esas *islas* afecta a las demás. Por eso en aquellas zonas la gente no suele decir que llegó el invierno, sino que *hace* invierno. No es una estación fija del año, es una escena transitoria donde el mundo cambia de vestuario a una velocidad asombrosa y no es fácil describir cómo los cuerpos –y, sobre todo, las almas– reaccionan a ese teatro de transformaciones en la temperatura, la humedad, la luz y los tonos de la capa vegetal.

En mi fantasía irresponsable el pintor de iglesias es un fugitivo de la justicia. Huye de su perseguidor atravesando todos esos climas a lomo de burro, en canoas, en barcos de vapor o caminando jornadas enteras para llegar… No tengo idea de adónde quiere llegar ni por qué está huyendo. No sé prácticamente nada sobre ese pintor. Sólo alcanzo a imaginar su escape, los paisajes, lo veo subiendo la ladera de una montaña donde crecen los yarumos de hoja plateada y las palmas de cera. Lo veo negociar con un boga del río Magdalena. También veo al perseguidor, quizá un joven inexperto. Por eso digo que es un wéstern: un tipo persigue a otro por un territorio «salvaje». Cada hombre en uno de los extremos de la ley, y la ley, como lo enseñan los wésterns, es un espejo que todos atravesamos tarde o temprano, casi siempre sin darnos cuenta. Me pierdo en ese y otros lugares comunes del género. Mineros rubios venidos de Escocia y Alemania que no hablan una palabra de español, aperos de cuero, alforjas llenas de cosas tintineantes, armas de fuego rudimentarias fabricadas por un herrero anciano que añora el Virreinato, veterano cojo de las guerras de Independencia al servicio del Rey de España. La masa de la fantasía crece muy despacio. Va leudando sin rumbo definido, tampoco persigue consolidar una alegoría, mucho menos aspira al rigor de los historiadores, simplemente crece al servicio de nada, sin moraleja, sin explicaciones y yo me entrego feliz al desarrollo del fenómeno.

La lectura del libro de Ancízar me ha llevado también a examinar con mucho cuidado las acuarelas que se hicieron como parte de la Comisión Corográfica. Había olvidado contar ese detalle, que es muy importante para mi historieta fantasiosa: la expedición incluyó en sus distintas fases a tres pintores diferentes, Carmelo Fernández, Henry Price y Manuel María Paz, con la idea de que las crónicas, los mapas y la información acopiada durante el viaje vinieran acompañadas de unas imágenes que suministraran a los lectores extranjeros una visión de las provincias, con sus tipos sociales y raciales, el aspecto de las calles, las riquezas culturales y los principales accidentes geográficos.

Por lo general, esas acuarelas han quedado tipificadas como simples cuadros de costumbres, pero en su origen se concibieron con una voluntad estrictamente documental. De hecho, formaban parte de un corpus de imágenes muy distinto al del costumbrismo, pues en esa época aún se creía que esta clase de representaciones podían ser una herramienta de gran valor para el conocimiento científico. Incluso había quienes, siguiendo una tradición que se remonta al menos hasta el Renacimiento, consideraban la pintura una ciencia en sí misma.

En el caso de la Comisión Corográfica, las aspiraciones no llegaban a tanto. Se conformaban con que las acuarelas mantuvieran un equilibrio entre la objetividad documental y la belleza paisajística. Esto no significa que las acuarelas carecieran de mérito artístico, al contrario, a mí me parecen extraordinarias, emocionantes en su ingenuidad y su espíritu luminoso, aunque, sobra decirlo, había grandes diferencias de talento y habilidad entre los tres pintores viajeros. El primero, el venezolano Carmelo Fernández, compañero de Ancízar en los viajes narrados en la *Peregrinación*, tenía una formación donde se combinaban las bellas artes con la ingeniería y las matemáticas, de modo que sus acuarelas son precisas y muy descriptivas sin perder por ello expresividad y atención al detalle. Pese a cierto esquematismo compositivo y a un uso de la perspectiva quizá algo rígido, Carmelo Fernández es un artista comprometido con su objeto y sus pinceladas están cargadas de simpatía, curiosidad y afecto por la gente y los lugares. Digamos que las acuarelas de esta primera fase de la Comisión logran un balance difícil entre el documento científico, la coquetería de la tarjeta postal exótica y la picardía popular.

El segundo de los pintores, el inglés Henry Price, estuvo en su cargo sólo un año, entre enero y diciembre de 1852. Price se había casado en Nueva York con la hija de un comerciante judío de Bogotá y había llegado a la Nueva Granada en 1841 para trabajar como dependiente y encargado de la contabilidad del negocio de su suegro. Una vez en la capital de la república, Price, que también era músico, parece haber descuidado sus obligaciones para dedicarse a montar recitales, dar clases de piano y organizar la Sociedad Filarmónica de Conciertos. Su nombre figura en programas de la época como intérprete de varios instrumentos y compositor. También fue socio del norteamericano John Armstrong Bennet en una empresa de daguerrotipos. En 1850 lo nombraron maestro de música, perspectiva y dibujo de paisajes en el colegio del Espíritu Santo, una institución liberal fundada unos años atrás por el singular educador y político Lorenzo María Lleras. Para 1851 ya se habían deteriorado las relaciones entre Carmelo Fernández y el director de la Comisión, Agustín Codazzi, así que el puesto de acuarelista quedó libre en vísperas de la tercera expedición. En medio de la urgencia, la opción más obvia para ocuparlo era Price, dada su cercanía con varios miembros de la Comisión en el colegio del Espíritu Santo.

Durante esos pocos meses, Price realizó decenas de acuarelas donde su escasa habilidad para dibujar la figura humana contrasta con su gran talento para los paisajes. Las acuarelas de Price se destacan por su tratamiento de la luz y por su técnica de composición, con una manera de encuadrar que es por momentos directamente fotográfica. En algunas de sus obras se percibe una influencia del paisajismo romántico europeo, con una notable capacidad para mostrar la vegetación y los accidentes geográficos como vórtices de movimiento.

Los testimonios de la época han llevado a los historiadores a concluir que Price contrajo durante la expedición alguna enfermedad nerviosa que poco después le causaría una hemiplejía y finalmente una muerte prematura a los cuarenta y cuatro años. Según las dudosas explicaciones de los familiares del difunto, el origen de la enfermedad fue la inhalación de sustancias químicas utilizadas en las acuarelas.

Carmelo Fernández es tal vez un retratista más completo de la geografía humana y física del país, pero no tengo dudas de que Price es mi pintor favorito de la Comisión. Sus figuras humanas son chuecas, cierto, pero sus acuarelas de paisajes tienen un carácter y una fuerza que parecen provenir de la captación de un misterio. ¿Un misterio natural, un misterio humano, un misterio divino, el misterio de la nación? No lo sé, pero en los momentos más elevados, su luz se arroja en ángulo sobre las cosas del mundo, y cada árbol, cada cornisa, cada tejado revela su contorno desde las lejanías, su filo de sombras, que hiere el ojo para que el azul impuro de las montañas nos inunde por dentro.

La Comisión Corográfica se vio obligada a suspender sus actividades debido a la crisis política que acabaría con una revolución impulsada por el gremio de los artesanos y el ascenso del general José María Melo en 1854. Poco más de un año después, cuando, guerra civil mediante, una alianza de liberales y conservadores derrocó a Melo para recuperar el poder y represaliar a los autores intelectuales y materiales de la revuelta, la Comisión retomó sus actividades con Manuel María Paz, el menos dotado de los tres artistas que formaron parte de las expediciones. Las acuarelas de Paz son, en sus mejores momentos, escenas impregnadas de un exotismo frío. A ratos los cuerpos, especialmente cuando representa a indígenas o negros, ya no son siquiera chuecos, como los de Price, sino que parecen trazados con regla, sin ninguna noción del escorzo y el volumen anatómico. Son figuras tan planas, tan irrespetuosas de cualquier proporción y forma, que se vuelven involuntariamente chistosas. Paz, al igual que Carmelo Fernández, había estudiado ingeniería y tenía a sus espaldas una carrera militar, pero su formación de artista era más bien pobre. A juzgar por la gran cantidad de imágenes que produjo, uno podría sospechar que Paz intentó compensar su falta de talento con una bestial capacidad de trabajo. Al parecer, su designación como miembro de la Comisión se debió tanto a la enfermedad de Price como a las urgencias propias de un proyecto que, desde sus inicios, había tenido infinidad de problemas administrativos y financieros, por no hablar de las difíciles condiciones políticas en las que se realizó.

Sin embargo, como decía antes, ninguno de los tres artistas de la Comisión, más allá de sus diferencias, estaba pensando en crear imágenes costumbristas. Todos creían estar haciendo documentos para la ciencia o al menos ponían su trabajo al servicio de ésta.

Según Erna von der Walde, estudiosa de todas estas cosas, el pleno desarrollo del costumbrismo como género pictórico y literario, pero también como doctrina conservadora sobre las esencias del pueblo, tendría lugar poco después, aunque sus imágenes y las de la comisión forman parte de una misma trama, a la vez cientificista y romántica, que moldeó prácticas tan distintas como la etnografía colonial, la caricatura periodística, la criminología basada en los tipos fisionómicos o el turismo de aventura. Por eso no fue difícil que unos años más tarde se obviara la parte documental de las acuarelas de la Comisión para reducirlas a la consideración de imágenes costumbristas. Siendo justos, esas imágenes eran lo bastante paradójicas y ambiguas para contener el germen de su malinterpretación folklorizante. Y lo mismo ocurrió con el libro de Ancízar, que, según algunos críticos perezosos, es apenas una sucesión de cuadros de costumbres.

La discreta coquetería y el exotismo de las acuarelas de la Comisión se explican por una finalidad evidentemente promocional, paralela a la ciencia. Querían llamar la atención del observador extranjero, de los inversores, de los inmigrantes aventureros y los empresarios, en un momento en que el país había conseguido aumentar su margen de exportaciones y enganchar modestamente algunos productos en los mercados internacionales (especialmente el tabaco). Se trataba de mostrar a la república como una tierra llena de oportunidades, rica en minas y otras potenciales explotaciones, habitada por un pueblo rústico pero lleno de energía, todo dentro de los lineamientos de una ideología política de corte liberal y capitalista que había logrado una cierta hegemonía. La república era entonces un laboratorio de reformas y movilizaciones populares, experimentos económicos y federales, y la Comisión fue un fiel reflejo de esos fervores.

Dos décadas más tarde, cuando se vino abajo todo aquel experimento liberal y el país empezó a caer lentamente bajo el dominio del conservadurismo hispánico y ultracatólico, se produjo también un repliegue en las sensibilidades artísticas. Digamos que, al cambiar los imaginarios asociados a la idea de la república, extinguido el entusiasmo del progreso liberal, que se relataría después como un periodo fracasado donde la nación estuvo a punto de romperse varias veces, muchos escritores y pintores buscaron refugio en el elogio de las tradiciones, en el retrato determinista de un pueblo demasiado idéntico a sí mismo para poder progresar o siquiera cambiar, un pueblo racial y culturalmente inferior, incapaz y por eso mismo condenado a la servidumbre eterna y voluntaria.

El costumbrismo también significó el abandono de las posibilidades del arte ligado a un proyecto de conocimiento –algo que la pintura neogranadina venía explorando al menos desde la Expedición Botánica de José Celestino Mutis, al final del periodo colonial–, y su estética, en algunos casos muy sofisticada, llevó la mirada turística hasta el paroxismo. Ya no se trataba de documentar el país mediante la pintura, sino de vender cierta imagen *orientalizada*, hecha a la medida de los prejuicios de los viajeros extranjeros. En un anuncio publicado en *El Neogranadino* en 1849, el encantador pintor costumbrista José Manuel Groot ofrecía así sus servicios:

PINTURAS DEL PAÍS

EL QUE SUSCRIBE avisa a los extranjeros residentes en esta capital que pinta al óleo i a la aguada toda clase de objetos o asuntos relativos a costumbres del país, como también paisajes, vistas de lugar tomadas del natural; todo lo cual ofrece hacer perfectamente caracterizado y con dibujo correcto.

Su habitación se halla en la calle de los Chorritos cuadra i media arriba de la del Comercio, partiendo de la esquina del convento de Santo Domingo.

En este anuncio ya se percibe el tránsito que la pintura republicana estaba sufriendo gracias a la internalización de la mirada turística. El artista promete objetividad, ortodoxia, veracidad documental, pero la propaganda va dirigida a los extranjeros residentes y, de hecho, basta un vistazo a algunas de las imágenes que vendía Groot en su taller de la calle de los Chorritos para entender que el objetivo no era otro que satisfacer esa demanda de exotismo. Un exotismo que, a fuerza de repetirse en imágenes y textos, se fue consolidando como una fantasía de lo autóctono, de *lo nuestro*. Pasamos de la imagen como conocimiento a la imagen coqueta para engañar turistas, lo cual no habría sido tan terrible si por último no hubiéramos utilizado esas mismas imágenes para engañarnos también a nosotros. Son las imágenes de ayer, pero ¿acaso no son también las imágenes de nuestra literatura de hoy, de nuestro arte de hoy, de nuestras películas, nuestros noticieros y nuestra producción académica, dando tumbos entre la demagogia del realismo mágico y los mil ropajes de la pornomiseria?

Ahora comprendo que el fugitivo ha pasado su juventud trabajando como pintor itinerante, haciendo sobre todo cuadros de vírgenes y santos para las parroquias y clientes particulares de muchas provincias. Según los registros y las pinturas, se puede deducir que ha estado de paso por Vélez, Popayán, Antioquia, Barbacoas, Panamá, Santa Marta, Mompox y muchos otros lugares y en todos ellos ha dejado muestras de su peculiar talento. El pintor es, además, un consumado miniaturista, como puede verse no sólo en sus pequeños retratos de algunos miembros de la alta sociedad provinciana, sino en los espacios que rodean a las figuras religiosas de sus cuadros de gran formato y que él sabe ornamentar discretamente con ricas composiciones en las que se aprecian las plantas salvajes, frutas, hortalizas, flores y algunos animales de cada lugar, en especial los pájaros. Su estilo es fácilmente reconocible por el contraste entre el convencionalismo al que resigna la figura central de sus cuadros –un san Antonio indiferente, un Cristo demacrado y profesional– y el extremo detalle con que representa el mundo en la periferia de sus imágenes.

Durante su travesía por las parroquias de Santander, Manuel Ancízar y el acuarelista de la Comisión, Carmelo Fernández, ya se han topado con esas imágenes en siete oportunidades. Ambos quedan admirados cuando reparan en las secciones ornamentales de los cuadros, que representan la variedad de la flora del país mejor que cualquier publicación de los naturalistas europeos. Fernández, en parte por curiosidad y en parte por envidia profesional, se pone a la tarea de averiguar entre los lugareños, pero pronto entiende que no será fácil descifrar las leyendas que se han tejido en torno a la figura del misterioso artista viajero. Que si es un indio estúpido de las selvas del Cauca, que si es un loco iluminado por el fuego del fanatismo religioso, que en realidad es el hijo bastardo de un minero inglés con una negra de Ambalema, un conspirador masón, un irlandés errante sin oficio ni beneficio o un contrabandista judío de Turbo. Algunos aseguran que ya ha muerto, devorado por las fieras en el Chocó; otros dicen que sí, que está muerto, pero a causa de unos sofocos contraídos por los miasmas del invierno en los pantanos del Casanare. Al final no hay manera de hacerse una idea siquiera aproximada de la identidad del pintor. Es un fantasma, una suma de harapos arrancados a la imaginación popular.

Una noche, mientras la Comisión acampa en Yarumito, a orillas de un riachuelo que baja arrastrando cuarzos por toda la provincia de Soto, los dos compañeros de viaje conversan delante del fuego, al olor de los bagres que siguen asándose en su envoltorio de hojas de bijao. En esas lejanías han acabado por relajarse en el cumplimiento de la etiqueta. Pero es Fernández quien toma la delantera y Ancízar lo sigue de buena gana. Ambos llevan varios días sin afeitarse y ya no queda ni rastro del rigor con el que, al principio del viaje, los caballeros observaban su aseo personal. Desde luego cuidan las apariencias, hacen lo justo para mantener la pinta de dos señores de ciudad, respetables al menos para las gentes de los pueblos o los baquianos encargados de guiarlos y de cuidar el nutrido equipaje de la expedición. Pero es en esos momentos de descanso, al final de cada jornada, cuando los dos hombres llegan al colmo de la frescura y se ponen a contar anécdotas y hacer chanzas, y a veces hasta parlotear con la boca llena delante del fuego.

Ancízar ha vivido varios años en Venezuela, de donde Carmelo Fernández y Codazzi han tenido que exiliarse por líos con el gobierno de Monagas, así que los dos hombres dedican horas y horas a despellejar a ciertos miembros especialmente grotescos de la sociedad caraqueña. Pese a sus muchas diferencias políticas –Fernández es más bien conservador; Ancízar un liberal masón–, comparten su sentido del humor y su socarronería, una manera de estar en el mundo en la que siempre es preferible la risa leve que la gravedad. Son, pues, dos ironistas, como ha quedado reflejado en sus obras.

En un momento, Fernández se permite tantear un poco a su compañero y deja escurrir unas gotas de mala leche contra Agustín Codazzi, el director de la Comisión, que en esos momentos estará oyendo la conversación desde su tienda de campaña, instalada a escasos metros de la fogata. Es un bujarrón, dice Fernández, como todos los italianos, ¿has visto cómo monta a caballo?... pero si fuera sólo eso... si fuera sólo eso... yo lo vengo sufriendo desde hace más de diez años y hasta tuve que viajar con él a París, nada menos que a presentar nuestros mapas. Ancízar se retuerce incómodo y mira hacia la carpa de Codazzi, donde se alcanza a ver la silueta borrosa del que muchos consideran un héroe militar y científico. Trata de cambiar de tema, pero Fernández está decidido a exhibir su molestia. Una molestia que Ancízar no logra descifrar del todo y que atribuye vagamente al desgaste natural de una amistad muy larga. Ayer, continúa Fernández, socarrón y furioso a la vez, ayer lo sorprendí meando detrás de un árbol y alcancé a ver que tenía el miembro infestado de pústulas. ¿Sabes en cuántos prostíbulos he tenido que verlo sucumbir a la lubricidad natural de las zambas y los indios afeminados del Orinoco? En ese momento, Codazzi sorprende a la pareja de expedicionarios saliendo repentinamente de su tienda de campaña, se aproxima a la fogata con una sonrisa en los labios, saluda a sus compañeros, se sienta delante del fuego, enciende su pipa y deja escapar una voluta entre los dientes. Codazzi será engreído o lo que quieran, pero es sobre todo un comediante. Alguien que no pierde jamás el sentido del humor, ni siquiera en el campo de batalla, mucho menos lo va a perder ante las provocaciones de un examigo. Fernández, como si interpretara una rutina cómica, sigue con sus provocaciones: estábamos hablando de enfermedades venéreas, dice, de los peligros de sucumbir a las tentaciones tropicales. Codazzi crea un silencio, fuma y suelta el humo dos veces antes de responder. Ya, dice, espero no haber interrumpido alguna confesión. Ancízar hace lo que puede para sobrevivir al fuego cruzado y trata de descarrilar el tono ofensivo de sus compañeros. Todo lo que tiene que ver con el amor y el placer es siempre riesgoso, interviene Ancízar, es una ley natural que así sea. El repentino desvío filosófico consigue que Fernández y Codazzi estallen en una carcajada. Eso basta para romper la tensión y el clima de la conversación se vuelve más distendido, más propicio a la fábula. Pronto regresan al tema que ha obsesionado a Fernández en las últimas semanas: el misterioso pintor de iglesias. Codazzi se muestra interesado porque, según él, su trabajo al frente de esa comisión se parece más a las labores de un pintor de paisajes que a las de un geógrafo. Cada semana el congreso aprueba una nueva ley para cambiar las divisiones administrativas, explica, lo que hoy se llama de un modo mañana cambia de nombre y función. En este país todo muda en un abrir y cerrar de ojos. No hay tiempo para que las cosas reposen y se asienten. Así no hay quien pueda trazar fronteras y levantar cartas. Por eso les digo: dirigir la expedición es como pintar nubes que cambian de forma y color a cada minuto. Lo crea o no, Carmelo, yo admiro mucho a los pintores, dice Codazzi, conciliador. Ojalá yo pudiera escribir con la naturalidad con la que usted pinta, dice Ancízar para sumarse al elogio y evitar que Fernández pueda retrucar con alguna grosería. No hace falta que se pongan zalameros conmigo, responde el pintor sin afectar modestia. Su tono es franco. Yo sé hasta dónde llegan mis talentos, dice. Es algo que he sabido siempre, desde que empecé en el oficio, y creo que es algo que todo artista debería aprender pronto. Me refiero a la necesidad de reconocer el límite de sus capacidades, de ver hasta dónde puede dejar volar sus aspiraciones. De hecho, creo que conocer esas limitaciones es una parte del talento de todo buen artista. Un artista que no conoce sus limitaciones sólo puede ser o un mediocre o un genio absoluto. Yo no soy ninguna de las dos cosas. Soy apenas un pintor competente, con los méritos apenas justos para no ser olvidado sin más.

Codazzi, que está convencido de ser un genio, un espíritu excepcional capaz de acariciar lo sublime con la punta de los dedos, asiente enérgicamente con la cabeza. Ancízar se limita a escuchar, escéptico pero igualmente arrebatado por el flujo de ideas de Fernández, que sólo se calla para tomar aire. Uno de los momentos más estremecedores en la vida de todo artista es el encuentro con un talento supremo, continúa el pintor. Cuando uno se para delante de la obra de un maestro, de alguien que ha lidiado con nuestros mismos problemas, que son los problemas de la relación entre el cuerpo y la materia, entre la mano y el ojo y el pigmento y la memoria, los problemas de la luz, cuando uno comprende que esa persona ha sabido enfrentarse a esos problemas construyendo una especie de continuidad entre la materia humana y la materia de la naturaleza, como restableciendo un vínculo perdido, como conduciendo el alma del pintor y el alma del espectador y todas las almas que caen bajo su embrujo hasta los recintos del Paraíso Terrenal, a ese lugar previo a la Caída, previo al Pecado, a la sombra del Árbol de la Vida, cuando uno comprueba que otro artista es capaz de hacer eso, ya sólo nos queda celebrarlo o bailar o caer de rodillas. Es así, en esa clase de enfrentamientos con el talento superior, donde el artista menor se juega su vida y su obra. Es un momento de suma peligrosidad, si quieren, porque de ese encuentro depende todo. Los artistas como yo, ni genios ni mediocres, estamos acostumbrados a esa clase de encuentros y yo diría que incluso aprendemos a ser felices en nuestro humilde nicho. Digamos que, si esos genios supremos son capaces de devolver nuestras almas al Jardín del Edén, nosotros, los artistas menores, nos sentimos afortunados de poder al menos representar ciertas figuras, aquellos árboles y gentes y montañas que ocultan el camino hacia las puertas del Paraíso. Los artistas menores pintamos todo eso que no nos deja ver el Jardín, pero que de todos modos está encantado por el milagro de su ocultamiento. El hecho de que no podamos entrar al Jardín pero podamos pintar lo que obstaculiza el acceso, el hecho de que sólo podamos intuir ligeramente su luz eterna detrás de los objetos que representamos, es suficiente para nosotros. Y perdonen si me extiendo, pero comprendan, por favor, que en las últimas semanas me he topado hasta siete veces con el talento de un verdadero maestro. Un maestro único, capaz de hacer todo lo que yo nunca podré hacer. Y lo peor es que, ay, ese hombre parece no tener siquiera existencia carnal. Es un aparecido, un espanto. Ya han visto que ni los curas de las iglesias donde ha dejado sus obras saben nada o se niegan a contarnos lo que saben del artista. ¿Por qué tanto secreto alrededor de ese genio que ha decidido hacerse pasar por un pintorzuelo campesino? ¿Y acaso no es verdad que el misterio que lo envuelve parece dotar a sus talentos de un aura incluso más aterradora y sobrenatural? ¿Y qué decir de su firma, a todas luces la firma de un analfabeto que no sabe dibujar las letras del abecedario y por eso mismo una firma ilegible, un garabato, una pintura en sí misma?

A la mañana siguiente, Carmelo Fernández se despierta con la sensación de haber hablado de más. Algo avergonzado y sin ganas de encontrarse con ninguna cara conocida, sale de la tienda de campaña sigilosamente y se escabulle entre los matorrales para orinar, su primera y más urgente actividad de cada día.

De regreso al campamento y una vez restaurada su máscara habitual de sorna y desencanto, Fernández se descubre situado en un punto inmejorable desde el cual se construye la escena: el río, los robles, el viento pausado pero intensamente fresco, el ajetreo de los hombres que ya comienzan a levantar los bártulos y el equipamiento. Sin pensarlo dos veces, corre a buscar sus pinceles y regresa al mismo lugar. Ni siquiera se sienta. Así, de pie, en una posición poco natural, casi forzada, empieza a manchar el papel. Deja que la acuarela penetre a capricho en la trama y forme antojadizas vegetaciones que luego se convertirán en ramas de colores ocres y verde oscuro. No es la primera vez que utiliza ese método, mitad azaroso, mitad académico, pero casi nunca se ha sentido tan compenetrado con todas esas cosas que se mueven ahí afuera: el fuego donde se calienta un humilde caldero, la arquitectura efímera de las carpas y las hamacas en las que todavía haraganean algunos baquianos, unos largos troncos moribundos, ya sin hojas, que parecen tiritar de frío. De repente, al fondo del todo, como si la vida le estuviera regalando el detalle que le faltaba para dejar la acuarela suspendida en ese instante y sólo en ese instante, la pelusa cósmica que nos hace saber que las cosas podrían no haber sido así, que el mundo habría podido ofrecer otro semblante, otro temblor de colores en ese mismo momento, entran en escena Codazzi y Ancízar, que seguramente estarán discutiendo asuntos topográficos. El italiano no demora en sacar su teodolito para observar el terreno mientras el otro lo sigue de cerca, con los brazos cruzados en la espalda. Las dos figuras lucen modestas, son apenas unas pocas pinceladas, casi dos manchitas.

La acuarela me quedó muy bien, discretamente espléndida en medio de sus limitaciones. Eso es lo que Fernández, lúcido hasta rozar el cinismo, se dice a sí mismo mientras ordena sus pinturas y sus pinceles en un gran estuche de madera.

Hay un pasaje del libro de Ancízar donde se habla acerca de una clase de puentes colgantes muy peculiares fabricados por los indígenas. En un país donde los caminos eran y siguen siendo precarios, donde las obras públicas se caen a pedazos o directamente no existen, las gentes que viven en los parajes remotos de las provincias se las han arreglado desde hace siglos para transportarse, en ocasiones de maneras muy imaginativas. Tal es el caso de ese puente colgante que los miembros de la Comisión deben cruzar para llegar a la orilla opuesta del caudaloso río Cantino y que Ancízar describe como una maravilla. A flor de agua, escribe, aprovechando la inclinación natural de dos inmensos árboles que extienden sus ramas frondosas hacia el centro del río, los constructores consiguen entretejer un armazón central, una barbacoa, como la llama Ancízar, además de una compleja y tupida trama de palos de guadua sostenidos por un «espejo tejido de bejucos» que, como injertos que descienden desde las ramas, acaban de darle firmeza a la construcción. Los viajeros pasan con todo y mulas y caballos. Las cargas, eso sí, a espaldas de los peones, para evitar que alguno de los animales caiga al río. La imagen de las tenebrosas aguas se filtra por las grietas entre los travesaños a medida que la expedición entera hace equilibrio sobre la maroma de palos.

Ancízar está asombrado por esa cosa que parece un organismo vegetal en tránsito de volverse máquina, ingenio mecánico. Los otros miembros de la expedición, incluido Carmelo Fernández, si bien agradecen la utilidad del puente, no dejan de mirarlo como un simple apaño rústico sin ningún mérito intelectual o estético. Que yo sepa, no hay ninguna acuarela de la Comisión que registre esos puentes colgantes con el detalle y la admiración que Ancízar les dedica, cosa que no resulta extraña si observamos que el cronista ya ha manifestado en varios pasajes su deseo de conocer mejor los «archivos históricos» indígenas. Ancízar percibe, tanto en los escasos restos arqueológicos que la Comisión encuentra como en esas muestras vivas del ingenio local, indicios o al menos escombros de una sofisticación cultural antigua y parece abierto a la posibilidad de que algún tipo de conocimiento superior se encuentre sepultado en los rincones del país. De hecho, se lamenta en varias ocasiones de que las instituciones coloniales hayan destruido los objetos que podrían documentar y dar sustento a esas suposiciones y uno alcanza a deducir que todo su proyecto de nación, vale decir, su deseo patrio, le sacaría muy buen provecho a ese legado amerindio en beneficio de la república. Ahora bien, se pregunta Ancízar, ¿es esto una máquina propiamente dicha? Las máquinas, piensa, ¿no son más bien como unos aparatos artificiales que la mente humana opone a la naturaleza, si no para dominarla, al menos sí para que sus impulsos coincidan con los intereses de los hombres? ¿No son las máquinas un instrumento de sometimiento, extensiones del cuerpo y la voluntad humana? ¿No son precisamente ingenios, o sea, engaños que alteran el curso de la naturaleza? Ese puente colgante, en cambio, parece obedecer a un concepto diferente al de la máquina. Lejos de querer someter a la naturaleza, el puente tiende un puente con ella, valga la redundancia. El puente ya no es una metáfora, es un concepto desnudo, una literalidad encarnada. El puente se amarra a la naturaleza, que de todos modos sigue oculta y no deja ver su verdadero rostro, el puente la persuade y confunde sus intenciones con las de ella, deja que los bejucos prosperen y sostengan el espejo de bejucos que refleja los anudamientos de unas criaturas con otras. La tecnología indígena, conjetura Ancízar, al menos la tecnología que aquí se suspende entre las habituales orillas de la conciencia, obedecería más bien a ese principio de entrelazamiento y no de oposición. Ese puente, que no ha sido tanto construido como cultivado, es lo más parecido a observar un manojo de nervios, piensa Ancízar, trayendo deliberadamente el lugar común. Cruzamos en cabeza de Ancízar el lugar común del puente, el ripio, vale decir, y a través de las grietas vemos la imagen terrible de las aguas turbulentas hasta que llegamos al otro lado de los nervios. Si hay una entrada al Jardín del Edén, piensa Ancízar, debe de ser esta misma.

El wéstern neogranadino crece y crece. Ya han pasado dos largos años desde aquella vez en que Carmelo Fernández pintara la acuarela del campamento de Yarumito. De hecho, el venezolano ya no presta sus servicios a la Comisión debido a su pleito con Codazzi y ahora es Henry Price quien acompaña a los científicos en su tercer viaje oficial por las provincias de Mariquita, Medellín, Córdova, Antioquia y Cauca. Y es en esa primera parada, en Mariquita, a orillas del Gualí, donde Price ve por primera vez una imagen firmada por el misterioso artista de quien tanto le hablara su antecesor en el cargo. Price no se deja impresionar tan fácilmente. Al principio ni siquiera capta los méritos de la obra, una pintura sencillota en la que santa Lucía, patrona de los invidentes, sostiene la bandejita con su reglamentario par de ojos. Al pie del cuadro que adorna el pequeño altar de la parroquia hay una verdadera montaña de cera formada por las incontables velas derretidas que los ciegos y sus familiares ponen allí todos los días para pedir favores. Incrustados en la cera se ven también algunos exvotos con forma de ojos, algunos hechos de materiales finos, como plata o madera tallada, aunque la mayoría están moldeados con cera de abeja. Price, sensible como es a las formaciones geológicas, se interesa más por esa escultura involuntaria hecha de puro fervor reblandecido. El cuadro de santa Lucía le arranca un sincero bostezo, aunque es capaz de apreciar la habilidad del pintor para trabajar el claroscuro en las profusas vegetaciones que cubren los costados inferiores del lienzo. En todos los años que lleva viviendo en el país, Price ha tenido ocasión de familiarizarse con la pintura religiosa hispánica y aquella imagen de santa Lucía le parece poco más que un compendio de lugares comunes. Una pintura de género, hecha, además, en un tiempo donde el arte se ha movido definitivamente hacia otros derroteros. Hay algo añejo, anacrónico en la composición, en las técnicas, en los temas. En Europa se reirían si alguien defendiera esas pinturas como algo digno de consideración y a Price le cuesta entender que Carmelo Fernández y hasta el propio Codazzi elogiaran esos mamarrachos cuyo mayor mérito artístico es quizá la ingenuidad o un academicismo chambón.

El acuarelista inglés se encoge de hombros y sale de la iglesia, como es su costumbre, con la cabeza gacha y las manos en los bolsillos del pantalón. La expedición entera se encuentra alojada a pocos pasos de allí, en una de las casas de don Sebastián Arroyo, dueño de plantaciones de tabaco, amante de las ciencias y el progreso. Es un día especialmente caluroso y Price llega chorreando sudor a las puertas de la casa, tanto así que debe cambiarse la camisa. Una criada le trae un fresco de guayaba agria que Price se bebe de un solo trago. ¿Un poquito más?, pregunta la mujer, muy seria. El inglés le implora con un gesto simpático y logra sacarle una sonrisa a la criada. Estos climas no son pa gente como usté, dice ella, volviendo a llenar el vaso. Price bebe con el mismo desespero, como si le hubieran metido un tizón ardiente dentro del pecho. Cuando siente que ha saciado su sed o que al menos puede pronunciar una frase sin ahogarse, el inglés le responde a la criada. No se crea, dice, yo ya soy más colombiano que usted. La criada baja la mirada y, antes de darse la vuelta para salir de la pieza, hace una mueca burlona que Price no es capaz de leer del todo. Aunque, más que la mueca misma, lo que desconcierta al inglés es la brevísima interjección, el sonido que la criada ha producido mientras torcía la mandíbula. Un sonido que es a la vez un chasquido y una sílaba entrecortada. Cuando se queda solo en la pieza, Price conjetura que quizá se trataba de una palabra en algún idioma africano. O los restos de ese idioma que le han quedado a esa señora en algún lugar de su memoria y sólo entonces piensa en la ironía involuntaria de su comentario, esto es, que él ya se siente colombiano. ¿Y ella? ¿Se sentirá colombiana?, se pregunta Price. ¿La habré ofendido de alguna manera?

En la noche, incapaz de dormir por el calor, el inglés se pone a traducir su Wordsworth al español, un proyecto en el que lleva trabajando a saltos desde hace unos meses. Su deseo es que algunos amigos bogotanos, compañeros de tertulias, puedan leer al que, en su opinión, es el poeta más grande de los tiempos modernos. Lleva un par de noches atascado en un puñado de versos de *El preludio*, en el que el poeta habla de su relación infantil con la naturaleza.

Y sí, lo recuerdo, cuando la tierra cambiante | y dos veces las cinco estaciones estamparon en mi mente | los rostros del año en movimiento, incluso entonces | Ese niño...

Hasta ahí todo bien, pero ¿cómo traducir lo que viene a continuación? Dice el original:

*A Child, I held unconscious intercourse
With the eternal Beauty, drinking in
A pure organic pleasure from the lines
Of curling mist, or from the level plain
Of waters colour'd by the steady clouds.*

Price ensaya:

Ese niño mantenía comercio inconsciente
con la Belleza eterna, bebiendo
puro placer orgánico en las líneas
de niebla ensortijada o en la llanura
de aguas coloreadas por las nubes en reposo.

No le convence lo del comercio inconsciente. ¿Quizá sería mejor decir trato? ¿O relación inconsciente? Por otro lado, ¿se alcanzará a percibir la sutil alusión que hace el poeta a la metáfora de la escritura? ¿Una escritura natural que no se puede leer sino sólo beber en un éxtasis de líneas retorcidas? ¿Habrá sido capaz de transmitir en la otra lengua que nuestro comercio con el libro de la naturaleza no puede ser sino inconsciente? ¿Que ese aprendizaje se deposita sobre todo en la lengua que saborea el mundo y, de manera sólo secundaria, en la lengua que lo balbucea?

De ahí que sea importante traducir bien la intención velada de ese *intercourse* y esas *líneas*. De ahí sus dudas sobre la conveniencia de romper con la primera persona, señalando la escisión de la conciencia. Price ensaya otras posibilidades. Ninguna lo convence del todo. Se levanta de la silla y camina alrededor de la pieza, se seca el sudor con un pañuelo. Piensa en la obsesión de Wordsworth con su *Preludio*, en el hecho de que el poeta llevara cincuenta años trabajando en ese poema, retocándolo, ampliando y modulando detalles. Y Price piensa también en su propia obsesión, en su deseo de volverse pintor después de enfrentarse por primera vez a esos versos cuando tenía apenas doce años, con sus decisiones vitales, todas ellas atravesadas por el espíritu del poema: la huida hacia la naturaleza, la búsqueda de los tesoros secretos de la infancia, el Yo que es capaz de abismarse en los fenómenos. ¿No fue, en cierto modo, el poema de Wordsworth lo que estuvo siempre detrás de ese viaje demencial por la Nueva Granada? ¿No es Wordsworth, o mejor, no es *El preludio* lo que explica en parte su destino americano?

Por supuesto, su mujer y su suegro opinan otra cosa. Para ellos siempre estuvo claro que Price era un alma muy sensible, un hombre de temperamento nervioso y romántico, quizá demasiado femenino. En todo caso, alguien poco entrenado para las cosas de la vida práctica y sin habilidades mercantiles, mucho menos un aventurero. De ahí que hubieran intentado impedirle hasta el último minuto unirse a la expedición científica y, por si no lo hubieran humillado ya bastante, su mujer le ha hecho jurar a Codazzi que cuidará de él «como un tesoro».

Su afán por traducir a Wordsworth para el selecto círculo de amistades bogotanas tiene que ver con una necesidad de explicarse, de mostrar ante aquellas personas cuál era el auténtico núcleo de sus motivaciones: no un artista holgazán y aprovechado que se casó por conveniencia con la heredera de un comerciante próspero, como se rumorea por ahí, no:

un hombre en busca de lo trascendente, alguien que, desde muy temprana edad, se lanzó a conocer el misterio de la Vida. Alguien que, como el poeta, aprendió a beber el puro placer orgánico en los delicados movimientos cromáticos de la naturaleza. Un artista, en suma.

Así piensa Price dando vueltas por la pieza, secándose el sudor que no deja de brotar de su pescuezo. Hace demasiado calor para dormir.

Price sale al patio, donde al menos sopla algo de fresco nocturno, y se sienta en una vieja banca de madera. Pronto percibe que a su alrededor hay un aquelarre de alas y lucecitas. Son los centenares de insectos que a esa hora salen a ejecutar sus extraños bailes que no parecen tener ninguna finalidad práctica. Por un momento imagina que las luciérnagas también escriben en líneas retorcidas unos mensajes que sólo las demás luciérnagas pueden leer. Él capta los signos y, aunque no puede entender lo que dicen, sí es capaz de dejarse envolver por el manto de intimidad que toda esa actividad de los insectos teje en torno a él.

Una vez que sus ojos se han acostumbrado a las tinieblas, empieza a descifrar algunas formas. Es entonces cuando repara en una polilla muy grande posada sobre el muro, una de aquellas polillas que tienen dibujados en sus alas dos grandes ocelos. Price se descubre pensando que aquellos ojos falsos, casi como de pájaro nocturno, son capaces de mirarlo a él mucho mejor que unos ojos verdaderos.

Es una idea estrafalaria, pero sus pensamientos insisten: los ojos simulados en las alas de la polilla pueden verme como soy. Como realmente soy.

A la tarde siguiente, después de haber estado todo el día pintando, el inglés pasa delante de la iglesia y, sin saber muy bien por qué, entra al edificio y se planta delante del cuadro de santa Lucía. Sigue sin descubrir ningún mérito especial en la pintura, pero esa vez su cabeza se pierde en conjeturas sobre la tradición católica. En algún lugar ha oído decir que los santos son la manera en que el politeísmo pagano se conservó en el interior de la religión católica. También ha oído decir que son una fuente de superchería banal, propia de gente rústica. ¿Cómo podría alguien creer que se puede pedir favores a una imagen, mucho menos dejando a sus pies una figurita de barro o de cera? Pero Price no es un ilustrado recalcitrante y de hecho se siente conmovido por la fe popular. Le parece pintoresca y digna de cierta ternura. El alma de Price es, para todos los efectos, la de un artista romántico, una mente racionalista a su pesar, desgajada de cualquier forma de comunidad tradicional, agnóstico, pero a la vez convencido de que las energías secretas del cosmos deben de seguir por ahí, revoloteando como hadas o ninfas que ya nadie es capaz de ver. Alguien atrapado en el cuerpo o, lo que vendría a ser lo mismo, en el tiempo equivocado.

Un ruido brusco lo saca de sus pensamientos. Se da la vuelta y ve que un hombre ha tropezado con una banca. Price corre en su ayuda y, sin dejar de sujetarlo del brazo, recoge también el bastón. Lo ayuda a recuperar la compostura, incluso le acomoda las solapas de la camisa. Sólo entonces comprende que se halla delante de un ciego. ¿Le puedo ayudar en algo?, pregunta Price, y el hombre le pide que lo lleve hasta la imagen de santa Lucía. Esa banca, tan mal puesta, dice el señor esgrimiendo su bastón, no debería estar allí. Esta mañana hubo una boda importante. Se casó uno de los hijos de Vargas, un notable del pueblo, y seguramente necesitaban embutir aquí a todos los curiosos y lambones. Por eso dejaron mal puesta la banca. Price guía del brazo al ciego hasta que llegan al pie del gran montículo de cera con los exvotos incrustados. Muy amable, señor… Price, contesta el acuarelista, Enrique Price. Es usted un buen lazarillo, dice el ciego. Yo soy Tiberio Ponce, para servirle. Y, por la manera de pronunciar su nombre, Price entiende que se trata de alguien humilde pero orgulloso. O un notable en horas bajas, a juzgar por la calidad de su fina ropa, que ha conocido mejores tiempos.

Vengo aquí todas las tardes a consolarme de mis desgracias delante de esta imagen, dice don Tiberio Ponce. El inglés frunce el ceño y el ciego, vaya a saber cómo, consigue no sólo detectar ese gesto sino imitarlo. Usted se estará preguntando, dice don Tiberio, qué hace un ciego delante de una pintura. Y, si está con voluntad de prestarme oídos, puedo explicarle. Don Tiberio ni siquiera espera a que Price le dé su consentimiento. Sabe, por la calidad del silencio alrededor de los dos cuerpos, que el inglés lo escucha cautivado.

Hará cosa de veinte años comencé con este problema de cataratas, continúa don Tiberio. Y un día me hablaron de esta imagen, que dizque era muy milagrera. Que dizque muchas gentes habían recuperado la vista después de venir a ofrendarla y, bueno, yo quise comprobar si era cierto. Como puede ver, el milagro no ha funcionado hasta ahora conmigo, tal vez porque me falta fe, tal vez porque mis ofrendas no eran buenas ni suficientes ni adecuadas. Aunque he probado de todo, como se podrá imaginar. Cera, plata, barro, incluso oro. He mandado confeccionar los más variados exvotos, que deben de estar por ahí, tragados por esta montaña de cera. Digamos entonces que ya no vengo con la esperanza de recuperar la vista.

Don Tiberio guarda silencio y vuelve a sonreír a imagen y semejanza del inglés, que lo mira un poco desconcertado, algo impaciente.

Y entonces, si no es imprudencia, ¿para qué viene?, lo apura Price.

Vengo a escuchar, contesta el ciego.

¿A escuchar?

Sí, hará cosa de un año, cansado de ver que no se me cumplía el milagro, vine a la iglesia a dejar mi última ofrenda. Unos ojitos tallados en madera de palo de rosa. Recé de rodillas, dije todas las plegarias que me habían recomendado, esperando que las palabras subieran al cielo de alguna manera, que la santa y mártir me hiciera el favor de elevar mi súplica, aunque la verdad es que yo ya había perdido la fe. Vine por venir, pedí por pedir, convencido de que rezar es siempre mejor que no rezar. Y postrado estaba aquí mismo cuando empecé a oír algo proveniente de allí, dice don Tiberio, señalando con el bastón hacia la parte inferior derecha del cuadro, donde el claroscuro de vegetaciones insinúa formas nocturnas que no acaban de revelarse del todo. Los ojos de Price se sumergen de pronto en esa zona del cuadro que ya le había llamado la atención el día anterior. Ve lo más visible, lo que está pintado en primer plano: una enredadera de un verde luminoso colonizando una rama podrida en el suelo, la delicada explosión de unas florecitas amarillas y violetas, unos cuántos palos de bambú amarillo con las hojas lanceoladas que hieren la negrura circundante. Un poco más atrás, se alcanzan a ver otras formas vegetales, quizá frutas, quizá otras presencias.

Me demoré un rato en entender, dice don Tiberio. En entender que allí había un pájaro. Un pájaro escondido en la maleza del bosque.

Price no ve ningún pájaro, pero sus ojos igual van encontrando nuevos niveles de oscuridad, nuevas capas donde alcanza a sentir un aleteo de sombras, el fuego tenebroso de las criaturas de Dios que saben mirarnos sin ser vistas.

No hay pájaros en esta pintura, dice el inglés, al borde del estremecimiento. No hay un solo pájaro en todo el lienzo.

Don Tiberio sonríe. Deja de sonreír y otra vez sonríe, los ojos bien abiertos tras una nube de cataratas grisverdosas.

Allí abajo, dice el ciego, apuntando de nuevo con su bastón. Allí abajo está, detrás de todo, al fondo. Y por eso vengo aquí todas las tardes, a esta hora, que es cuando mejor se escucha el canto. Un canto de pájaro solitario en la espesura.

A lo largo de las siguientes semanas, como contagiado de un extraño impulso místico, Price pinta con frenesí. Sus numerosas acuarelas de esos días reflejan una necesidad fotográfica de capturar las formas que determinan cada instante, obligado también por la marcha de la expedición, pero Price olvida por momentos las exigencias puramente documentales y se sumerge en una búsqueda más profunda. Secretamente avergonzado y por eso mismo incapaz de admitir que aquella investigación frenética ha sido motivada por su encuentro con el misterioso pintor de iglesias, Price se obsesiona con una idea o, mejor, con una paradoja: la verdadera pintura sólo capta lo invisible. Aquello que no se ve pero se huele y se saborea en una imagen. Todo eso que queda afuera sin salirse nunca de los límites del cuadro y para lo cual los órganos de la visión se muestran insuficientes. Price quiere pintar eso mismo: el canto del pájaro que no sale representado en ninguna parte, el olor de la espuma de una cascada, la escurridiza luminosidad de las superficies tal como se presentan al tacto. La pintura verdadera, piensa Price, evocando su trabajo con los daguerrotipos, toca las cosas de tal manera que se unta de ellas. Es ese *unto* lo que quiere lograr. La luz de la pintura verdadera es también una sustancia que se paladea y es, en ese sentido, un puñado de tiempo, una duración palpable. Y Price no quiere ser un mero copista de la realidad, un notario de las costumbres y los paisajes. Price anhela otro tipo de contacto con las fuerzas de la vida. Y eso explica en parte su irritación cuando sus compañeros de viaje le recuerdan la urgencia de representar los *tipos* que ayudarían a configurar una geografía humana del país. Price detesta pintar cuerpos, trajes, posturas, personajes. No hay nada trascendente allí, piensa, no puede haber verdadera pintura en un tema tan vulgar. Algunas de las acuarelas de esos días amontonan las figuras humanas en un inventario apresurado, hecho por pura obligación, como sucede en su hermosa recreación del interior de una familia de recolectores de tabaco, en algún rincón de la provincia de Mariquita. La técnica es, sin duda, defectuosa, pero, después de su enfrentamiento con el misterioso pintor de iglesias, Price se encuentra en estado de gracia y hasta las cosas que pinta de mala gana tienen encanto, fulgor y una vitalidad que estalla sin esfuerzo en las imágenes: qué placer producen el cordel donde se secan las hojas de tabaco, el racimo de plátanos pintones, el rostro chueco, indescifrable de la niña que se vuelve hacia el pintor sin dejar de trabajar, los pollitos que picotean a los pies de una cabra que todavía no da leche, las enormes ollas de barro donde una mujer, acuclillada sobre el suelo de tierra apisonada, prepara el almuerzo.

Un par de días después, mientras acampan en un diminuto caserío a orillas del Magdalena, Codazzi observa con detenimiento las últimas acuarelas de Price y se atreve a sugerirle más atención en la representación de los tipos raciales. Estos niños de aquí, por ejemplo, dice el italiano, jocoso, no parecen humanos, sino más bien los mismísimos homúnculos de

Paracelso. Price todavía no sabe cómo lidiar con el sentido del humor de Codazzi, de modo que se queda mirándolo en silencio durante largos segundos, primero con ojos de ofensa y, casi de inmediato, abatido por la persistencia de la máscara risueña del italiano. Haré lo que pueda, contesta Price, pero no es fácil pintar a esta gente. Nunca había visto razas semejantes, con tantas mezclas inverosímiles que a ratos ni siquiera parecen seres de este mundo. Y lo más chocante es que cuando se les pregunta por su raza todos contestan que son blancos. ¡Faltaría más! Yo conjeturo para mí que todavía no se han inventado ni siquiera los nombres y los taxones adecuados para catalogar a estas gentes que ya no son ni indias, ni chinas, ni zambas, ni saltapatrases, ni nada de eso, sino un menjurje cocinado a espaldas de Dios. ¡Que vengan los zoólogos a desmentirme, pero aquí a duras penas se puede hablar de razas! ¡La ciencia y el arte se vuelven inútiles ante semejantes modelos! Haré lo que pueda, señor, pero, por favor, no me pida lo imposible. Para sorpresa de Price, el italiano se ríe a carcajadas. Usted siga pintando, amigo, dice Codazzi. Siga pintando. Y por cierto, que si anda en busca de razas puras le tengo un encargo para el día de mañana. Price da dos pasos hacia atrás para juzgar mejor si el hombre que tiene delante habla en serio o se está burlando de él. ¿Un encargo?, pregunta. Sí, sí, una misión y de gran importancia, contesta Codazzi. Quiero que vaya usted, preferiblemente acompañado de alguien que sepa bogar y nadar bien, a aquella islita que se pinta allá en el fondo, ¿la ve usted? El italiano señala hacia un ancho recodo del río donde las aguas amarillentas del Magdalena surcan un buen bizcocho de tierra. Mientras asiente, los ojos de Price se abisman en el despeluque monumental de unos árboles que ya empiezan a pelar siluetas maduras a la luz del atardecer. Al parecer, o al menos eso me cuentan los lugareños, explica Codazzi, allí vive el último de los capitanes de la tribu panche. Vaya usted a buscarlo, píntelo lo mejor que pueda y, si es posible, tómele usted las medidas a todo el cráneo con los instrumentos frenológicos. Esos datos pueden servirnos a la larga para hacer comparaciones entre las razas puras y las impuras.

Por la mañana, cuando el manto de sofoco empieza a zumbar, Price emprende el corto viaje hacia el islote. Lo acompañan don Martín, que sabe hablar muchas lenguas de los indios, y un mulato burlón a quien todos llaman Pacho. Price está sentado en el centro de la canoa y los otros dos reman en los extremos, ambos con el torso desnudo, sombrero de paja y calzones de algodón remangados hasta la rodilla. Atontado por el calor y resignado a vivir con la cabeza envuelta en una nube de mosquitos, Price mata el tiempo dibujando bocetos: un árbol, un caimán, una garza y finalmente, sin saber muy bien por qué, los cuerpos de sus acompañantes. Más que la forma, le interesa el movimiento. La potencia de los músculos, el sudor que chorrea, los tendones que se aferran y tensan y porfían. Pero en últimas es incapaz de trasladar esas fuerzas al papel. El *unto* se le escapa y sus dibujos son apenas el testimonio de una imposibilidad. Aquellos cuerpos humanos y animales le son esquivos. Price arruga los papeles y los arroja al agua, donde quedan flotando, arrastrados en dirección contraria a la canoa. ¿Y por qué el arte estaría obligado a copiar fielmente la realidad? Y en ese mismo sentido, piensa, ¿por qué tanta obsesión con las malditas razas? ¿A qué viene tanto celo en la correcta rendición de los fenotipos y las pieles y las cataduras? ¿Quién exige semejantes cosas al arte, en nombre de qué principio rector, a beneficio de qué causa? Raza y realidad, mascula entre dientes mientras espanta los zancudos con un papel en blanco, el lápiz inútil entre los dedos de la otra mano. Price no cuenta con el lenguaje adecuado para decir esas cosas, pero en algún plano oscuro de la conciencia sospecha que existe algo así como una secreta sinonimia entre racismo y realismo. No hay realidad que soporte este calor, concluye, viendo cómo en las orillas vibra todo al ritmo de las ondas de vapor que serpentean y desdibujan las formas reconocibles. Por unos segundos, Price ya no entiende nada. Ya no ve razas. Sólo ve cuerpos y organismos biológicos intercambiando energía con el medio que los circunda, todo pintado en una yuxtaposición de transparencias ondulantes.

La caja de pigmentos que lleva apoyada sobre sus rodillas le parece, en esos breves instantes, una carga inútil. Y, a la vez, sabe que no tiene otra manera de untarse al mundo. Sus manos aprietan el armazón de madera. El chapoteo de los remos en el agua salpica por todas partes.

¿Y mi Wordsworth?, piensa. ¿Acaso su obsesivo trabajo con *El preludio* no se debe a una urgencia por rescatar a la Vida de las garras de la Realidad? ¿Habrá triunfado el poeta en ese empeño? ¿Habrá fracasado?

La imagen lo visita como un lento rayo oscuro que parte en dos el calor de la mañana: el plato brillante con los ojos impávidos de santa Lucía en el cuadro de la iglesia de Mariquita.

Todos esos pensamientos se funden en una sola melcocha de luz verdosa cuando la canoa toca el banco de arena a la orilla del islote y las inmensas ramas de los árboles se extienden en todas direcciones creando un dosel artificial que envuelve a los visitantes. Sale a recibirlos una manada de perritos criollos de distintas edades y pelambres y, un poco más atrás, llegan tres niños que a Price le parecen de edad y sexo indefinido, todos con el pelo largo y el cuerpo pintado con patrones geométricos rojos y negros. A través de don Martín, que hace de intérprete, el pintor pregunta por el capitán y uno de los niños, ligeramente más alto que los demás, toma la palabra y frunce el ceño: no es un buen día para molestar al capitán, dice. Lleva dos días sin levantarse de su «silla de pensar». Price le pide a don Martín que traduzca: vengo como representante de los intereses de la República y mis humildes tareas de pintor de la Comisión no estorbarán para nada en las elevadas meditaciones del capitán. El niño más alto hace una seña que en casi cualquier lugar significaría que deben aguardar allí hasta que él vuelva y los tres se pierden otra vez entre los árboles. La jauría de perros se queda olisqueando a los pies de los visitantes recién desembarcados. Estos indios brutos, comenta Pacho, el mulato burlón, no saben ni en qué país viven. Yo que usted les habría enseñado las escopetas y habría entrado por la fuerza, sí o sí. Habrase visto gente tan atrevida. Price prefiere no contestar y se queda mirando hacia el telón vegetal por el que se han adentrado los tres niños; lo que Pacho acaba de hacer es un intento de socavar su autoridad, seguramente animado por las habladurías que deben de circular por el campamento acerca de su carácter poco viril. Don Martín, más respetuoso, tercia para poner a Pacho en su lugar: si la Comisión fuera por doquier obligando a la gente a obedecer a punta de escopeta, pronto no quedaría de nosotros ni la sombra del tuétano. Price, sin dignarse a mirar a nadie, dice con tono firme que la República primero intenta persuadir... Indios brutos, insiste Pacho, se comen hasta los perros.

Un rato después vuelven a aparecer los niños y les hacen otra seña reconocible para que los sigan selva adentro. A juzgar por el diámetro de los troncos, Price calcula que muchos de los caracolíes y las ceibas y los samanes de ese bosque deben de tener al menos doscientos años. Finalmente alcanzan un claro donde se alza, sólidamente asentada sobre grandes estacas, la casa del capitán, construida de una manera que a los tres visitantes les resulta insólita y así lo comentan. Nunca han visto arquitectura semejante en ninguna parte, con dos grandes paredes de bahareque enfrentadas en diagonal sobre el plano rectangular del suelo y dos muros intersectados que más bien parecen celosías de bambú montado en celdas. El techo sí es convencional, fabricado con algún tipo de palma, sostenido en travesaños de fina madera. Cuando acceden a la vivienda por una rudimentaria escalera, la temperatura se siente mucho más fresca, gracias al ingenioso sistema de ventilación de las celosías y los ángulos de las paredes. El aire circula maravillosamente bien y en el recinto principal, donde funcionan la cocina y el dormitorio, encuentran por fin al capitán, sentado, como ya les habían adelantado, en su «silla de pensar», que resulta ser una especie de banquito similar a una tabla de skateboard tallada con figuras geométricas pero que a duras penas se levanta a un palmo del suelo. Lo más llamativo de la imagen no es tanto la posición del cuerpo, con los brazos alrededor de las rodillas, sino el hecho de que el capitán lleva un cráneo humano encima de su cabeza, casi como un sombrero, piensa Price mientras se quita el suyo respetuosamente. El capitán les hace un gesto para indicarles que pueden sentarse en el suelo, sobre una esterilla de caña. ¿Comercio o guerra?, traduce don Martín. Price no entiende bien la pregunta y suplica algo de contexto. Los panches, dice el capitán por boca de don Martín, sólo nos relacionamos con los que no son panches de dos maneras: o hacemos comercio o hacemos la guerra. Comercio, responde Price apresuradamente. ¿Qué quiere?, pregunta el capitán. Pintar su retrato y, si no es mucha molestia, tomarle algunas medidas. ¿Y qué me puede ofrecer a cambio? ¿Esa caja? No, contesta Price, no puedo darle esta caja porque trabajo con ella, con los colores que hay en ella. ¿Una escopeta? Tampoco. Durante un rato negocian y tratan de establecer equivalencias entre los objetos que podrían intercambiar, pero ninguna de las partes está conforme. Price no tiene en realidad nada que ofrecer. ¿Guerra entonces?, dice el capitán, entre risas. El ambiente no es tenso, pero sí cunde el temor de que la misión no se complete. Dígale que yo trabajo para un capitán muy severo y que si no hago lo que me encargaron me castigarán cruelmente. Dígale que intentemos llegar a un acuerdo, le ruega Price a don Martín, que traduce lo mejor que puede.

El jefe indígena, que no debe de tener más de sesenta años, examina el rostro de Price desde su silla de pensar y el pintor tiene la siniestra impresión de que lo están mirando por partida doble: desde la cabeza del capitán y desde las cuencas vacías del cráneo sonriente.

Ustedes nunca supieron hacer comercio de verdad. Sólo saben hacer la guerra. Eso traduce don Martín. El nombre de mi nación no es Panche, eso es un nombre que nos pusieron ustedes. En realidad, nos llamamos phnhê, «La gente que sabe llevar las cuentas». Y por eso la palabra que usamos para referirnos a ustedes es phnhê-ö, o sea, «los que no saben llevar las cuentas». Para la guerra son buenos, pero para el comercio son malísimos, traduce don Martín mientras el capitán se ríe a carcajadas.

Price, picado por la curiosidad, se atreve a preguntarle por el cráneo que lleva encima de su cabeza. Es mi padre, contesta el capitán. Me ayuda a pensar, me recuerda toda la historia, me sopla al oído las prohibiciones, las cuentas, la ley. Al comienzo había una palma que daba leche y la leche dibujaba una larga mancha de luz en la mitad del cielo y a esa mancha le daban celos porque no podía ser más parte de la carne de la palma, que era sabrosa como nada. Sólo era leche derramada en el cielo. Esa mujer era celosa. Quería volverse una palma carnosa porque a la madrugada, como esa palma crecía era al pie del río, venía el murciélago a comer. La mujer celosa quería que se la comiera el murciélago, que era ciego pero era muy sensible al canto de la mujer, que iba ensayando cantos hasta que dio con uno que complació mucho al murciélago. El murciélago subió al cielo y bebió la leche y de ahí nacieron el sol y la luna. El sol sabía contar de uno en uno y así fue como aprendimos nosotros. 1, 2, 3, 4, 5… Pero la luna, que era la hija de la leche, no sabía contar bien y no le salían las cuentas. Contaba chueco. En fracciones y, cuando uno creía que ya se había sincronizado con las cuentas del sol, siempre le sobraban números, fracciones de números. Como buena hija de su madre, era hambrienta y la comida se le caía en pedazos por la comisura de los labios. Pedazos de comida que se escapaban de la cuenta. El sol se reía de ella. Le decía: no sabes contar. Y ella lloraba porque nadie entendía sus cuentas. Y así les iba al sol y a la luna. El sol se burlaba a cada rato, no sabes contar, le decía, y la luna lloraba y lloraba, y del llanto de la luna se formó el río Yuma, que copia el recorrido de la mancha de leche que divide el cielo en dos y que comunica los dos mundos, el mundo de arriba y el mundo de abajo. En esas estaban, en su eterna pelea por ver quién contaba mejor y a quién le salían mejor las cuentas, cuando se dieron cuenta de que acá había dos mundos. Dos mundos en una sola circunferencia dividida por el Yuma. Y fue así como el sol y la luna supieron cómo hacer coincidir las dos cuentas. Sin los dos mundos que viven en el mundo, la luna y el sol no habrían podido sumar correctamente, encontrar las proporciones. Así la luna le pudo decir al sol: ¿viste, arrogante, que yo sí sabía contar? Y el sol, avergonzado, se ocultó a dormir para que la vergüenza y la melancolía no lo mataran. Fue gracias al mundo que salieron las cuentas. Fue así como aprendimos también a contar nosotros. La cuenta chueca de la luna, que es tanto o más importante que la cuenta del sol. Cuando el sol cuenta hasta veintisiete millones el tiempo se reinicia. La luna es la que nos dice cuándo tenemos que reiniciarnos nosotros, que somos más pequeños y somos hijos de la luna: o sea, cada ochocientos treinta y seis cuentas. Ya nadie volvió a burlarse de la luna. La luna tiene muchísimo poder y por eso las mujeres son más poderosas que los hombres y las mujeres deben ser sometidas por la astucia de los hombres. Si las mujeres volvieran a gobernar a los hombres regresaría un tiempo del incesto y eso no es aceptable. Y, si no se puede dominar a las mujeres por la astucia, toca por la fuerza, aunque ellas siguen siendo más fuertes. Por eso cada ochocientos treinta y seis, los phnhê tenemos que reiniciar no sólo las cuentas, sino todo lo que hemos hecho hasta entonces. Tiramos todo al río. Olvidamos. Desaprendemos hasta la última ley, menos la ley de las cuentas y la lengua, que no se pueden olvidar. Y así es como volvemos a inventarlo todo poco a poco, poco a poco, hasta que volvemos a completar los ochocientos treinta y seis, que son cuentas de la luna pero también del sol. Y cada veintisiete millones de cuentas solares todo muere. Absolutamente todo. No sólo los phnhê. Todo. Y todo vuelve a empezar. Nosotros, los phnhê llevamos bien las cuentas y hacemos comercio. Nos gusta el comercio pero si toca hacer la guerra también la hacemos. La guerra acelera el ciclo de ochocientos treinta y seis y lo reduce a ochocientos treinta y seis, que es un número diferente de ochocientos treinta y seis. Es un número que cambia cuando se mira al espejo de la guerra.

Sin solución de continuidad, el capitán recuerda en voz alta los mitos que el cráneo de su padre le susurra al oído.

Ahora cuenta el mito de la cópula entre especies, pero en ese punto la traducción de don Martín, quizá por el esfuerzo, se hace incluso más difícil de seguir. El maní tiene testículos. El pimiento y la yuca celebran una fastuosa boda a orillas de un cadáver que es también una cordillera. Los testículos del cadáver son el maní, hasta que aparece un algarrobo y de sus ramas secas cuelgan más testículos que, mecidos por el viento, provocan un sonido que atrae al murciélago. El murciélago se alimenta de ellos y la gente phnhê, la gente que sabe llevar las cuentas, sucumbe a una epidemia y todos olvidan cómo copular. Se vuelven fantasmas porque no han respetado el luto y el pimiento y la yuca siguen de fiesta tan tranquilos, ignorantes de lo que sucede con la gente phnhê. El murciélago, preocupado por los suyos, porque la gente que sabe llevar las cuentas también es la gente del murciélago, les enseña a aparearse con la yuca y el pimiento y así nace el manatí. El manatí canta muy bonito y su canto hace que las mujeres phnhê queden embarazadas cuando nadan en el río.

Pero todo eso es un sueño que está teniendo el padre Hongo en su choza. El padre Hongo sueña el mundo de los animales y las plantas y es en su mente donde tienen lugar todas las cópulas y es gracias a que el padre Hongo duerme que las cosas viven y mueren en un ciclo de inseminaciones y fertilidades que los phnhê aprenden a controlar desde que son niños. El padre Hongo da de comer al murciélago. Y el murciélago a cambio lleva los sueños del padre Hongo a todas partes. Y, por supuesto, el hongo es el pene. Pero también es la vulva. Y eso hace necesario que cada ochocientos treinta y seis días los phnhê se pongan sus máscaras y bailen.

El padre hongo sueña también las manchas de la piel del jaguar. Y así el cielo se llena de estrellas.

Price está muy confundido. Cansado de oír historias, tiene una ocurrencia desesperada: puedo pintar su retrato, le dice al capitán, que no parece muy convencido del negocio pero igual acepta. Sólo para no dejarlo mal parado, dice el jefe indígena.

Durante unas horas, el pintor puede trabajar en sus acuarelas. Pinta la vivienda, pinta a los niños, pinta a los perros, pinta a las dos esposas del capitán, pinta la mascota que vive debajo de la casa (un armadillo bebé). Pinta algunos objetos de uso cotidiano: ollas de barro, múcuras hermosamente ornamentadas, trampas para peces, vasijas ceremoniales con iconografía alusiva al murciélago, la leche, la palma, el hongo y, por último, el asombroso espejo de la guerra, una circunferencia de piedra oscura de unos veinte centímetros de diámetro. Al principio Price no entiende por qué se trata de un espejo, hasta que el capitán trae una totuma con agua y humedece toda la superficie pulida para crear una fina capa reflectante. La cara del pintor aparece como por arte de magia en la piedra pulida. El capitán se queda observando el reflejo de Price. Usted necesita una máscara, traduce don Martín. ¿Una máscara?, pregunta el pintor. Sí, para protegerse, contesta el jefe indígena, usted necesita protección porque se está enfermando. El espejo de la guerra sabe quién está sano y quién está enfermo. Y usted está enfermo. Se puede volver fantasma si no se hace una máscara, explica en un tono que a Price le parece grave, sombrío. Necesita una máscara y necesita bailar.

Antes de marcharse, Price toma las medidas de todas las cabezas utilizando los compases frenológicos.

Los niños y la jauría de perros se despiden de los tres hombres a medida que la canoa se va alejando de la orilla y el sol del atardecer baña la imagen con una luz que Price juzga melancólica.

Pero ¿es la canoa la que se aleja o soy yo? ¿Y esa melancolía luminosa no es en el fondo mía? ¿Y qué es exactamente lo que me entristece de toda esta escena?

¿De dónde salen todas estas cosas, quién me las dicta? ¿Acaso tengo yo también, como el capitán phnhê, una calavera puesta encima de la cabeza que, como un sombrero viviente hecho de huesos, sabe hablar y me dice al oído todas estas historias sonámbulas, todas estas imágenes que huyen despavoridas vaya a saber de qué caverna?

Siempre me han irritado esos libros donde uno descubre que el autor pone en boca de los personajes sus propias ideas acerca de un tema en particular, algo casi tan detestable como la pretensión de dotar a los personajes de una psicología. No soporto ver aparecer uno de esos muñecos de ventrílocuo que se utilizan para exponer una doctrina, una información o una tesis personal. Y, por supuesto, estaría mintiendo si dijera que en estas fantasías no se cuelan muchos de mis pensamientos. Mentiría si dijera que mi obsesión con el siglo XIX no tiene que ver con otra obsesión, quizá más urgente, de adivinar el presente o con la oscura intuición de que todo lo que estamos atravesando hoy se cocinó en ese otro tiempo. A destiempo.

Mi deseo es que todas las criaturas que pueblan estas páginas –animales, vegetales, minerales, artificiales– encuentren una manera de cantar con una voz íntima y me lleven a lugares que ni yo mismo sospechaba.

Ha sido Price quien me ha sugerido la idea –vaga, quizá equivocada, pero no por eso menos palpitante– de que existe un vínculo oscuro entre realismo y racismo. No he sido yo quien le ha puesto en la boca esas palabras. Yo sencillamente no había pensado en eso jamás.

He dicho «adivinar el presente». No he dicho entender o explicar el presente. Al tiempo, ya sea presente, pasado o futuro, no se lo puede someter a un proceso intelectual de captura, sólo se lo puede adivinar en las tripas del animal, en el indicio de una pintura, en un oscuro espejo de piedra. O en los telescopios que escrutan el pasado remoto del universo.

Pero en ningún caso estoy utilizando estas páginas para exponer o demostrar ninguna tesis. A lo sumo me valgo de esas ideas a la manera del ciego que emplea con algo de maña su bastón para moverse a tientas por un espacio invisible, siempre a punto de tropezar, siempre a punto de darme de bruces contra algo que surge de la oscuridad más absoluta.

Lo digo a sabiendas de que ninguna de estas ideas peregrinas, expuestas de manera tan ingenua, basta para zanjar la cuestión acerca de quién está hablando aquí. Al fin y al cabo soy yo quien habla. Soy yo quien pone palabras en boca de los personajes. Pero ¿quién soy yo? ¿Qué es esto que me habita y que dice cosas aquí?

De nuevo, no tengo idea de por qué estoy siguiendo esta fantasía, por qué la dejo crecer dentro de mí, mucho menos adónde me conduce.

Por otro lado, si un historiador me acusara de cometer anacronismos (el peor de los pecados en su género literario) no me quedaría más remedio que darle la razón. Para mí no se trata de ser fiel a los hechos, en una nueva demanda de realismo. Se trata de mantener una actitud de escucha, pendientes de que, al hacer vibrar un fragmento del pasado, surja un armónico, la nota secreta detrás de cada nota.

En *Sentido y ceguera del poema*, Mario Montalbetti escribe:

> Los hombres que no saben nada del poema
> creen que (el poema) se trata de una alegoría,
> de una imagen, de una metáfora.
>
> Y esto porque, como he dicho,
> el poema como Moby Dick,
> como inmensa ballena blanca,
> es insoportable.
> La imposibilidad de lidiar con la literalidad del poema
> (que, como he sugerido, es la salvación del poema)
> nos hace trasladarlo, llevarlo a otro lugar,
> declararlo alegórico,
> declararlo imagen, metáfora.

Es la literalidad de la literatura lo que resulta insoportable. Es la literalidad –la desobediencia radical del lenguaje literario a cualquier programa o algoritmo– lo que la ideología de nuestro tiempo intenta desesperadamente reconducir, domesticar, amaestrar. Así que, por favor, dejen de decir que el problema es que somos muy literales. Ojalá fuera así. El problema es justamente que no podemos soportar la literalidad, el vacío central del significante o el vacío central de las partículas elementales, tanto da. El pivote inmaterial de toda la materia. El truco de la ideología no es la literalidad, sino su habilidad para establecer un significado fijo para cada cosa que decimos y hacer que esa operación fraudulenta parezca siempre natural.

Quizá lo que define una época es la configuración particular de su defensa contra la literalidad del poema, atribuyendo significados, alegorías, metáforas, tesis, a lo que en el fondo no significa absolutamente nada. Eso es lo que no podemos aguantar, lo que nos enferma, la fuente de nuestros malestares.

¿Qué significa la ballena blanca de Moby Dick? Nada, por supuesto. Nada de nada. A riesgo de utilizar otra metáfora –otra alegoría– diré que los tripulantes del Pequod han emprendido una cacería del Significante. Y así les va, claro. Cada época busca su propio refugio contra la literalidad y en ello se cifra su ruina.

El refugio que ha elegido nuestra época para protegerse contra ese vértigo insufrible podría resumirse en una frase imperativa: cuéntame tu historia. Es decir, quién eres, cuál es tu *lugar de enunciación*, qué opresiones te constituyen, cómo llegaste a ser la mercancía que ofreces con notable instinto para la publicidad. El ébano de tu piel, las excelentes fibras de tu cabellera, tus dientes de perla, tus ojos de esmeralda, tu corporalidad «disidente» finalmente reconquistada, Amo y Soberano de tu mismidad. Así las nociones de verosimilitud, realismo, representación, se traducen en últimas a la entelequia comercial del *crédito* y lo que da garantías en la transacción es nada menos que ese Yo, reconvertido en marca y empaquetado.

Cuéntame tu historia, esto es, cómo ascendiste a propietario de ti mismo. Cómo venciste al demonio de la apropiación cultural. Cómo te hiciste inapropiable, jefe indio y chamán cuyo plumaje colorido oculta al astuto empresario.

Expón ante el mundo tu catálogo de maravillas naturales, tu paisaje, tu testimonio corográfico de la última zona de la Vida que todavía no habíamos sometido al régimen extractivo.

Por eso el valor del *crédito* aumenta exponencialmente si el producto tiene detrás una épica del sufrimiento, una víctima que se ha superado, un maltratado que ha tomado las riendas de su vida para ejemplo de todos.

Cuéntame tu historia o cómo el mundo contemporáneo oculta y fetichiza los vasos comunicantes entre la figura del esclavo y la figura de la estrella de rock. La estrella de rock como esclavo de la idolatría que suscita. El esclavo como la nueva y más flamante estrella de rock, justo en un tiempo donde el rock and roll ha muerto.

¿Qué significan tus letras?, le preguntan a Bob Dylan unos periodistas durante una gira en el 64, ¿son acaso alegorías, himnos? Bob Dylan responde: no sé qué significan, no tengo ni idea. Pero nadie le cree. Los inquisidores no soportan tanta literalidad y por eso sospechan que él sabe algo que no quiere decirles. Exigen el mensaje, el evangelio.

Estas especulaciones ociosas retumban como tambores lejanos mientras vuelvo a mirar la acuarela de 1852 en la que se ve a los trabajadores racializados que secan el tabaco en su caney. Hay algo celebratorio en la pintura que tal vez hoy no somos capaces de apreciar a primera vista. Es como si el pintor de la Comisión nos estuviera diciendo: miren a estos seres que ya no son esclavos sino hombres libres que trabajan en un sistema justo donde a cada quien se le retribuye en proporción a su esfuerzo individual. Y si el tabaco pudiera hablar nos diría algo así como: míranos bien, porque en el nuevo régimen de la mercancía valemos más que estas manos salvajes que nos preparan para salir a la escena del comercio mundial. Antes esas manos excedían en mucho nuestro valor porque la moneda secreta de cambio eran aquellos cuerpos. Ahora todo se ha dado la vuelta. Y esos cuerpos ya no valen casi nada. Son pura fuerza de trabajo escondida en estas lejanías, en esta choza de bárbaros que no son dignos casi de tocarnos. Nosotros somos la nueva estrella del mercado: cierra los ojos, disfruta de nuestro aroma, pruébanos y siente que el humo de la combustión de nuestra materia vegetal se introduce en tus pulmones.

Apenas un año atrás el congreso de la república había sancionado la entrada en vigor de las leyes de abolición de la esclavitud y, como era de esperar, el decreto no fue bien acogido por toda la sociedad neogranadina. Los principales detractores fueron los hacendados del Cauca, algunos de los cuales habían amasado una considerable fortuna gracias a la explotación de mano de obra esclavizada que solía rotarse, desde tiempos coloniales, entre las plantaciones de los valles, el servicio de las haciendas y las minas de la costa Pacífica. Toda la economía caucana dependía hasta entonces de la institución de la esclavitud, pero las cosas venían cambiando desde hacía más de una década, no sólo por la presión gradual de las formas de comercio y los dogmas del liberalismo, sino por la misma actividad política de los negros. Contrario a lo que suele pensarse, el poder de la institución esclavista no menguó tanto por el cimarronaje o la creación de comunidades palenqueras, en zonas apartadas como las selvas del litoral o los pantanos del valle. Fue sobre todo la participación voluntaria de los negros como soldados del bando liberal y su militancia política lo que tuvo un efecto corrosivo sobre el viejo régimen y, de paso, convirtió a los negros caucanos en un jugador decisivo durante toda la segunda mitad del siglo XIX. Algunos historiadores describen el proceso como un pacto de conveniencia entre los esclavos que luchaban por su emancipación y algunos líderes del Partido Liberal que deseaban implementar su doctrina económica y política a la mayor velocidad posible. El efecto más notable de ese pacto, sin embargo, fue que los negros asumieron como propio el discurso republicano de la igualdad, el universalismo, la propiedad privada y el libre comercio. Los negros no sólo querían ser libres e iguales: exigían su derecho a la propiedad, el uso de las tierras comunales (ejidos), el sufragio universal y su derecho a obtener un sustento de acuerdo a las leyes del mercado.

Durante los años que rodearon a la abolición hubo numerosos levantamientos populares y episodios de violencia contra los propietarios de las haciendas en todo el estado del Cauca, especialmente en la gobernación de Popayán, Cali, Santander de Quilichao o Cartago. En 1849, consciente de que la abolición era ya imparable, el poderoso hacendado caucano Sergio Arboleda, cuya familia se había enriquecido gracias a la esclavitud al menos desde el siglo XVI, huyó de urgencia al vecino país del Ecuador con poco más de doscientos seres humanos, 113 de ellos niños, que finalmente fueron vendidos en el mercado de Quito por 31.420 dólares. Arboleda se exilió después en Lima, donde vivió hasta 1853.

La prensa de Ecuador y Perú se llenó por entonces de escabrosos relatos que describían el estado del Cauca como un nuevo Haití que había sucumbido a los cantos de sirena del liberalismo, un fantástico reino de anarquía, ruina económica y libertinaje donde, si no se respetaba ni la ley de la selva, mucho menos se iba a respetar el sagrado axioma de la propiedad privada de seres humanos. En pocas palabras, una república de negros: la vieja pesadilla de las oligarquías de Norteamérica y Suramérica.

El 20 de mayo de 1852, cuando la Comisión ya se encuentra recorriendo las provincias de Antioquia, Codazzi recibe una carta del expresidente Tomás Cipriano de Mosquera, principal impulsor de la expedición científica y de muchas de las reformas que se están implementando en el país. En su carta, Mosquera le recuerda a Codazzi la importancia del proyecto como arma de relaciones públicas y le avisa que pronto espera lanzar en dos importantes diarios de Nueva York y Londres una noticia pagada, algo así como un breve publirreportaje, acerca de los descubrimientos que la Comisión ha hecho ya en materia de minas y posibles plantaciones en la región del valle del Magdalena, a fin de fomentar la inmigración. No podemos quedarnos cruzados de brazos, dice Mosquera, tenemos que hacer frente a la mala publicidad que nos están haciendo en la prensa americana. No podemos quedar ante el mundo como una *pardocracia*, remedo de las tristes aventuras haitianas. Somos una nación moderna y orgullosa, destinada a llevar la batuta del progreso por todo el continente. Mosquera cierra su carta con una petición: dígale a Price que, por favor, me envíe algunos bocetos, los más halagüeños y de preferencia con gente blanca y de buena raza, que me sirvan para ilustrar la noticia.

La carta llega en un buen momento porque el optimismo ha decaído considerablemente en las últimas semanas. Algunos hombres han enfermado de unas extrañas fiebres, entre ellos el botánico José Jerónimo Triana, que por suerte ya se encuentra recuperado. Codazzi culpa de todo a la naturaleza insalubre de las selvas que, en su opinión, deberían ser taladas cuanto antes, no sólo para acabar con los vapores y miasmas maléficos que se producen en su interior y que son la causa de tantas enfermedades, sino para dejar las tierras aptas para el cultivo extensivo y la ganadería. Algún día, dice en voz alta, todo esto estará cubierto de lucrativas explotaciones y una sucesión de colores uniformes reemplazará al actual pandemonio de verdes y estridencias cromáticas. Ya no habrá este paisaje enloquecedor: habrá una bandera, concluye Codazzi en un tono que quiere ser inspirador, a ver si la tropa recupera algo del entusiasmo perdido.

Price, que se ha revelado como un gran enfermero, siempre al cuidado de Triana, conversa con este último sobre el discurso de Codazzi. En principio parecería lo más recomendable, dice Triana, si queremos traer el progreso a estas lejanías, pero tengo mis dudas. ¿Conoce usted los trabajos del barón Von Humboldt sobre la tala de la silva y arboledas del lago Valencia? Price niega con la cabeza y Triana le explica brevemente de qué tratan esos estudios: reúnen evidencia que haría desaconsejable la deforestación, a riesgo de provocar terribles sequías y a la larga un desierto allí donde se despejan las tierras para usos agrícolas o ganaderos. Esos estudios sugieren la presencia de algún tipo de ciclo de regulación entre los distintos elementos que participan en un lugar y los árboles parecen tener un papel importante en el ciclo, haga de cuenta los instrumentos de una orquesta sinfónica. Price sonríe porque esa metáfora musical le permite imaginar con claridad lo que Triana intenta explicarle. De modo que sí, amigo Enrique, termina el botánico, tengo mis dudas sobre la conveniencia de la tala. Sería pan para hoy y hambre para mañana y si el barón tiene razón… sin árboles no hay música. O quizá, como muchos temen, estas tierras no están hechas para el progreso, quizá no hay remedio posible y lo único que se puede hacer es sacar un rendimiento veloz pero efímero. Aunque no pierdo la esperanza de que, aparte del tabaco y el oro, demos con algún producto especial en estas expediciones. Dios no puede habernos dado tanta tierra inútil. Algo tiene que habernos dejado aquí para sentar las bases de nuestra felicidad… Por lo pronto, mi herbario crece cada día.

A pesar de que Triana y Price ya se conocían por haberse cruzado muchas veces en las aulas del colegio del Espíritu Santo, donde ambos han sido maestros, nunca habían tenido ocasión de hacerse amigos. El tortuoso viaje de la Comisión les ha permitido descubrir que tienen temperamentos afines y una comparable afición por la música y la poesía. Triana se sabe muchos versos de memoria en francés y los dos hombres pasan las horas muertas, especialmente en las noches, mientras todos duermen, recitando versos en susurros. Price aprovecha esos momentos de trasnocho para enseñarle al nuevo amigo su incipiente traducción de Wordsworth. Triana retribuye la confianza mostrándole sus notas de campo, en las que el botánico registra montones de datos que a Price le dicen poco o nada –morfologías, taxones, descripciones–. Hay, sin embargo, tres detalles de los cuadernos de Triana que llaman la atención del pintor: la hermosa caligrafía, que recuerda en cierto modo a una maleza que crece caprichosamente sobre la página en blanco, los discretos y exactos dibujos hechos a lápiz y una serie de anotaciones marginales que el botánico titula siempre con el rótulo de MÍMESIS escrito en letras griegas (μίμησις). Triana viene observando el extraño parecido de algunas formas que se repiten entre especies sin ninguna relación de parentesco, ya no sólo vegetales, sino algo todavía más misterioso: animales cuyos miembros y apariencia recuerdan el aspecto de plantas y viceversa. Plantas que parecieran imitar a los animales. Animales que parecieran imitar a otros animales.

Todas estas coincidencias en las formas y colores y patrones repetidos van quedando consignadas en sus cuadernos como meras curiosidades. Los órganos reproductores de varias especies de orquídeas y el tórax de otros tantos insectos, especialmente abejas o avispas. La cavidad de la flor donde encaja perfectamente el pico de un pájaro. La pequeña mariposa cuyas alas replican el contorno irregular de un liquen magenta muy común en la corteza de los árboles que crecen a media altura, a partir de los 1.200 metros sobre el nivel del mar.

A ratos, dice Triana en susurros, su voz casi confundida con el clamor nocturno del bosque, a veces creo que nuestra ciencia es pobre porque sólo se ocupa de la descripción individual de las especies, pero no puede dar cuenta de cómo esas especies se relacionan entre sí. La orquesta sinfónica, comenta Price casi entre dientes. Así es, dice Triana, sólo que, viendo todos estos parajes, uno pensaría más bien que hay cuatro, cinco, seis orquestas diferentes tocando al mismo tiempo y formando un gran zumbido que, al menos de momento, no somos capaces de comprender o siquiera de apreciar como música. Nos hace falta una buena teoría de las relaciones.

Unos días después, mientras suben un tramo de la cordillera, rumbo a las provincias del oeste antioqueño, empieza a llover.

No es una lluvia cualquiera. Es una danza de pesados telones que ondean, escribirá Price más tarde en una carta dirigida a su esposa, haga de cuenta una falda con muchas enaguas por debajo.

Los rayos platean muy cerca y el verde del follaje asume por medio segundo una máscara aterradora. Price cree ver que las enormes hojas de un yarumo enseñan los colmillos por un instante antes de volver a ocultarlos. La tierra retumba. Las mulas se ponen nerviosas, se resisten a moverse, por mucho que los hombres las arrean y les fustigan la grupa.

Las patas de todos los animales, hombres incluidos, se hunden en un barro colorado que, opina uno de los baquianos, debe de ser la arcilla primigenia con la que dios hizo a los cristianos.

La expedición se detiene, como si fuera a escampar pronto. Se montan las carpas, se encienden fuegos que no tardan en apagarse. Pero no escampa en un día, ni en dos, ni en tres. Llueve y llueve y llueve y, si bien los viajeros se acostumbran a la amenaza de los rayos, nadie soporta la ropa mojada durante mucho tiempo. Nadie se acostumbra a que no arda bien el fuego.

La lluvia gana todas las discusiones con el único truco retórico que conoce: la persistencia. Cae y cae y cae y cae y cae y va derritiendo todas las determinaciones del resto de la materia, por duras que sean.

Las noches son, si cabe, peores. El lodo y la oscuridad forman una misma sustancia. Y el repiqueteo sobre la tela de las carpas es por momentos enloquecedor.

Seis de los hombres que venían recuperándose de las fiebres del Magdalena sufren ahora una recaída. El campamento se llena de estornudos y toses y quejidos. Price y Triana, que se recibirá a fines de ese año como médico en Bogotá, atienden a los enfermos.

Mientras recogen algunas plantas medicinales en los alrededores, Triana le cuenta a Price que, con un poco más de tiempo y recursos, podrían hallarse valiosos remedios en esos bosques. Quizá, sueña Triana en voz alta, quizá ahí está el futuro de la nación. En la producción de fabulosas drogas y fármacos. ¿Se imagina usted todo lo que puede haber aquí?

La expedición sigue su camino y, aunque ya no se avanza bajo la tormenta colosal de los días pasados, todavía no escampa y el sol anda esquivo, a duras penas asoma. Todo se estabiliza en una llovizna vaporosa que parece levitar alrededor de los árboles, de los animales. La niebla prospera en la falda de la montaña como un moho gris. El pelo de Price se ensortija, cae en castaños bucles sobre su frente y el pintor siente que lleva en la cabeza una molesta peluca hecha con una fibra vegetal muy pegajosa.

Sobre la procesión de mulas se levanta un murmullo desganado, cada tanto una voz de protesta, un relincho que viene a ponerle las tildes a un largo silencio donde sólo se oye la llovizna que cae encima de la gran variedad de hojas: como quien prueba el cuero de distintos tambores, escribirá Price en su carta.

El tiempo no va a mejorar hasta que no terminen de cruzar esa cuchilla irregular de montañas y bajen hacia los valles templados del distrito de Titiribí. Pronto empiezan a toparse con los primeros pueblos de mineros y buscavidas. Más que pueblos, son aldeas muy precarias, casi un apretuje de chabolas y chozas hechas con cuatro palos, todo creado al calor de la rápida bonanza del oro que se ha desatado en media Antioquia desde hace pocos años. La empresa que domina las explotaciones de aluvión y veta en esa zona es la conocida Sociedad de Zancudo, fundada cuatro años antes por don José María Uribe Restrepo, un político conservador que se las ha arreglado para hacer rentables unas minas que hasta hacía poco sólo daban pérdidas, gracias, entre otras cosas, a que la familia ha decidido delegar la administración y las decisiones técnicas a ingenieros europeos.

El corregimiento al que llega la Comisión se conoce como Sitio Viejo y los hombres acampados allí dicen trabajar, no para la Sociedad del Zancudo, sino para una empresa recién constituida, la Frontino Gold Mine, que viene explorando vetas en varios municipios y cantones del Estado.

El campamento de la Comisión se confunde con las barracas de los mineros. Se oye hablar al menos en cuatro idiomas –inglés, alemán, italiano y español– y los viajeros, después de tantas semanas de penurias y silencio, están eufóricos en medio de la algarabía de esa aldea de gente repentinamente próspera que paga una fortuna por un par de botas, por una cantimplora, por un cuchillo, un plato de peltre o una bacinilla.

Separada del poblado por un riachuelo de inmensas piedras está la casa de don Melchor, muy famosa en todo el distrito, una construcción de dos pisos, baranda de madera adornada con geranios y techo de tejas de barro. Don Melchor es un exminero que se cansó de barequear en el río hace años y descubrió que podría ganar plata de manera constante y segura si lograba prostituir no sólo a sus propias hijas, sino a cuanta mujer pudiera atraer a su negocio, siempre abierto para los trabajadores de las minas aledañas.

La madama de la casa es doña Fidelia, la esposa de Melchor.

Todos los viajeros de la Comisión, todos sin excepción, desde Codazzi hasta el baquiano más raso, pasan en algún momento por esa casa.

Price es el último en animarse pero acaba sucumbiendo. Da un largo rodeo para evitar las miradas y las habladurías de sus compañeros de viaje, se oculta durante unos minutos tras unos matorrales y aguarda a que un minero medio borracho recién salido de la casa se aleje dando tumbos. Entra por una escalera posterior (muchas casas se construían entonces sobre una plataforma de piedra y ladrillo, y había que trepar al primer nivel, situada a poco menos de dos metros de altura). Es una tarde agradable. Price se siente lleno de energía, quizá porque ha salido un sol amable que calienta las superficies con una luz arcaica, evocadora, piensa Price, aunque la nostalgia se le deshace en la boca y no sabe muy bien de qué está hecha. El deseo es, al fin y al cabo, una forma del recuerdo, razona el pintor mientras camina entre las grandes macetas dispuestas a lo largo de la baranda. Huele a magnolias recién florecidas, un olor que Price asocia con una mezcla equilibrada de muerte y vida. A pesar de todos estos pensamientos, no es la decisión ni el cálculo, sino una arrechera suprema la que lo hace casi levitar por el pasillo, una urgencia insoportable por untarse a otro cuerpo.

La aparición repentina de un niño que sale corriendo por una de las puertas traseras lo obliga a detenerse en seco. El pintor está a punto de darse la vuelta para huir, sólo que el niño anda demasiado distraído jugando con un balero y ni siquiera se detiene a saludar, sencillamente pasa de largo. Es obvio que ese niño se topa con los clientes todo el tiempo. Price respira hondo, toma impulso y entra por fin a un salón donde lo reciben dos jovencitas, ambas blancas, que no deben de tener más de trece años. ¡Doña Fidelia!, grita una de ellas para llamar a la madama, que no tarda en entrar al salón, toda sonrisas y zalamerías.

Desde su temprana adolescencia, gracias a las numerosas excursiones emprendidas junto a su primo Percy por los estrafalarios locales del Lower East Side, Price ha aprendido a estar en paz con el carácter opaco de sus efusiones corporales. En consecuencia, su relación con los burdeles está guiada por un pragmatismo sui géneris donde la elección fría y racional queda supeditada a ese fondo oscuro.

No se fija ni en la edad, ni en la raza, ni en el pelo, tampoco en el peso o la altura. Para él pueden ser gordas, jóvenes o maduras, negras, chinas, indias, altas o bajitas, todo eso le da un poco igual. Lo más importante es la expresión del rostro. No pueden parecer amargadas o muy tristes o demasiado cínicas. El rostro de una prostituta es para el ojo analítico de Price un dechado de transparencia. Sería incapaz de dibujar esas caras, esos cuerpos, pero eso no quiere decir que no sepa apreciar las emociones que navegan encima del contorno de unos labios, en el arco de unas cejas, en el brillo de unos ojos.

Así como hay esclavos que con una sola mirada te hacen saber que su esclavitud es sólo una relación posicional y pasajera, nunca un asunto de esencias, gente muy consciente de que la ruleta del mundo no para de girar y de que hoy estamos aquí pero mañana podemos estar allá o acá, hay prostitutas en cuyo rostro se puede leer algo similar: no soy una puta, te dicen, estoy trabajando de puta. Es sólo un papel, un rol. Las cosas están dispuestas de tal modo por la sociedad, pero sobre todo por los imperativos del lenguaje –el verbo ser–, que no me queda más remedio que aceptar el remoquete y decir sí, sí, soy una puta. Pero en realidad, cuando te miro, te hago saber que nadie *es* una puta. La puta es sólo alguien que ha sido prostituido. ¿Y no son las putas unas trabajadoras que, *avant la lettre*, ya se ajustaban al nuevo régimen de la mercancía posesclavista, cobrando por sus servicios de acuerdo a las leyes justas del libre intercambio comercial?

¿Y si la puta no fuera una anomalía del sistema sino su arquetipo fundante?

Eso es lo que piensa Price del asunto, eso es lo que diría, al menos, si alguien le preguntara. Y esa la expresión que busca en los rostros de las mujeres de la casa de don

Melchor. No es fácil, pero el pintor sabe que no podrá untarse a ningún cuerpo si no da con ese rostro sereno, moderadamente resignado, con la dosis justa de picardía irónica en las líneas de la frente. Se decide al fin por una muchacha mestiza de pelo negro y cejas pobladas que lo agarra de la mano para conducirlo a un cuarto en el segundo piso de la casa. No debe de tener ni veinte años. Price tiene treinta y tres, pero parece más joven. Me llamo Rosita, dice ella, ¿y usted?

Al principio la mujer es sólo agujero. Una cosa hueca que él debe llenar con desesperación y algo de furia. La concha abierta parece no tener fondo y el pintor empuja y empuja y empuja pero intuye que hay algo en ella que no se va a llenar nunca, que la puerta está abierta en ambos sentidos y que más allá no hay nada de nada. Se siente pequeño, débil, como un caballo arrastrado por la corriente de un río demasiado grande: la imagen surge borrosa desde las profundidades de su vientre, más como una huella de la frustración que como una metáfora propiamente dicha. De ese lado de la puerta no hay nada, pero de este lado de la puerta tampoco. Ella permanece inmóvil, a la espera de que el otro resuelva sus ecuaciones a través del agujero, un poco impaciente, como una maestra con un mal alumno que ha salido a la pizarra sin estudiar la lección. Acuden a su mente las palabras del capitán phnhê: las mujeres son más poderosas que los hombres. Un solo hombre no puede con una sola mujer. Se necesitan al menos dos.

Price piensa de repente en Triana. Piensa en la mirada de Triana. Triana está allí en el cuarto, sentado en un rincón, mirando. Mirándolo a él y mirando a la mujer, quizá tomando notas. ¿A quién habrá elegido Triana cuando vino?, piensa el inglés, un poco distraído mientras sigue tratando de llenar el agujero que no se va a llenar nunca. ¿A la nena delgaducha? ¿A la zamba de piernas regordetas? ¿A la antioqueña rubia que imita el acento francés sin mucha maña? ¿O habrá elegido a esta misma?

La idea de que Triana ha elegido a esa misma mujer transforma primero toda la escena y después transforma los cuerpos. Su textura, su resistencia, su elasticidad. Deseamos a la misma. Nos bañamos en el mismo río. Dos caballos que cruzan, pura musculatura, de una orilla a la otra. Dos hombres se unen para tratar de satisfacer a una sola mujer. No hay otra manera. Ella es más poderosa, siempre.

Price siente que la concha de la mujer le aprieta la verga. Su verga que, ahora sí, está al máximo de su extensión, muy dura, palpitante, ligeramente arqueada hacia atrás y entonces algo en esa forma de hongo recién brotado de la tierra parece ajustarse con una asombrosa perfección a las cavidades de Rosita, mientras Triana no para de tomar sus notas y sonríe y asiente con la cabeza sin decir palabra. Por un segundo, Price vuelve la cabeza para mirar hacia el rincón vacío donde está el fantasma de su amigo y él también sonríe. Rosita lo agarra del mentón para que la mire a ella. Rosita se lame los labios, gime, no sabemos si está fingiendo o si se trata de un gemido real de placer. Quizá nunca rompe el personaje, quizá no puede romperlo ya y sólo puede actuar sin parar, quizá se ha convertido en su personaje y ya no distingue el interior del exterior del rol que la vida le ha hecho jugar. ¿Es esto el placer o soy yo la que lo inventa? ¿Estoy de verdad sintiendo esto? ¿No será él quien siente y yo siento, ya sólo puedo sentir, a través de él, de su placer? ¿Dónde está mi placer? ¿Lo habré perdido?

¿Así? ¿Así sí?, pregunta Price.

Así, dice Rosita, así es que es. Hágale.

La concha de Rosita está definitivamente húmeda. La boca entreabierta deja ver una delicada línea de dientes.

Price piensa en los pétalos de una flor y sabe que nunca podrá dibujar nada a menos que lo mire como un paisaje. Y el paisaje de Rosita se abre ante él, completo, ya no un agujero geométrico y abstracto, sino formas geológicas reales, palpables, sedimentaciones, cascadas, dunas, ríos, montañas. Todo eso dura apenas unos instantes. La amenaza del río demasiado grande sigue ahí, en cualquier momento la corriente podría arrastrar a los dos caballos, que igual son fuertes y quieren cruzar al otro lado. La concha de Rosita lo aprieta como diciéndole no me dejés sola, pirobo, ya me trajiste hasta aquí, ahora llevame con vos hasta el fondo. Y él y su amigo –casi puede oler la piel de los caballos– siguen cruzando. Todo parece fácil ahora. Sólo hay que caminar con el agua entre las piernas.

Price empuja y al otro lado hay algo, no se sabe bien qué. Pero hay algo. Y finalmente hay alguien. Es Rosita.

Price se está cogiendo a Rosita. Rosita se está cogiendo a Price. Price rebosa leche de la pura felicidad. Triana ha desaparecido discretamente. Ya no está en la pieza con ellos. Ni Price ni Rosita lo echan de menos. Ha cumplido su función. Ahora sólo están ellos dos y no necesitan a nadie más.

Price se está cogiendo a Rosita. Rosita se está cogiendo a Price. Ya no hay metáforas. Nada tiene necesidad de desplazarse a ninguna parte porque hasta los significantes han salido de la pieza. Sólo hay dos animales, más literales que la literalidad desnuda, cogiendo y cogiendo. Cogiéndose. Aunque Rosita no se llame Rosita. O quizá justamente porque Rosita no se llama Rosita sino quién sabe cómo.

A la mañana siguiente, mientras dibuja sentado en una enorme roca a la orilla de una quebrada, Price observa con atención a un grupo de mineros que hacen girar sus bateas con la espalda doblada o en cuclillas, muy concentrados en la lectura de las arenas donde el ojo experto sabe distinguir el más mínimo destello. El lucerito, como dicen ellos. Price recuerda entonces la hilera de dientes de Rosita y su ocurrencia de que no podrá pintar ningún cuerpo hasta que no consiga ver la anatomía como puro paisaje. Con ese concepto en mente dibuja algunos trazos. Rocas que se van convirtiendo en musculaturas, la corriente de la quebrada que se comba hasta asemejar una cabellera, las extremidades empeñadas en el trabajo. Por momentos ya no sabe ni lo que está dibujando. El lápiz se mueve solo. Hacer un paisaje implica saber captar el movimiento en las cosas que se perciben como quietas. Representar cuerpos es exactamente lo contrario: captar la quietud allí donde sólo hay movimiento efímero. Y de todos los movimientos, piensa Price, el más escurridizo, no a la percepción pero sí a la intelección, es el del rostro humano. Por eso el género más elevado de la pintura es el retrato, concluye. El paisaje supremo.

A ratos deja de dibujar y sólo contempla los torsos desnudos bajo el sombrero de jipijapa, los brazos fibrosos que reproducen una misma cadencia. Un movimiento giratorio que es también un ritmo, un bamboleo de constante precisión que crea en la batea una diminuta galaxia gris donde el minero va adivinando su futuro, su buena estrella. A lo mejor, barrunta Price, debo renunciar a toda pretensión de copiar las formas. Más bien debería tratar de captar el movimiento. Y sigue boceteando, insistente, dejando que las metonimias se desbarranquen sobre la hoja: el agua que lame la piedra hasta que la piedra parece hecha de agua, hasta que el guijarro pulido por la corriente imita el brillo terso de los hígados en las carnicerías, más allá viene el remolino intestinal, la lengua de musgo, la rama quebradiza y reumática.

La materia del mundo es, al fin y al cabo, una sola, por mucho que sepa transformarse y cambiar.

En todo un día de trabajo apenas ha conseguido pintar una sola acuarela, pero igual se siente satisfecho. Estoy aprendiendo, piensa, mientras camina de regreso al campamento.

Cuando llega al poblado ya es de noche y le sorprende ver la calle vacía. ¿Adónde se fue todo el mundo? Lo normal a esa hora es que los hombres ya estuvieran lanzando gritos desde la cantina, peleando a puñetazos en la calle principal o armando jaleo antes de irse a la casa de don Melchor. Tanta soledad resulta inquietante, como si algo muy malo hubiera pasado y todo el pueblo hubiera huido. La perplejidad es tanta que Price no puede ni siquiera ofrecerse a sí mismo una conjetura. ¿Adónde se fueron?, dice en voz alta, cuando alcanza a oír a lo lejos un murmullito y unas pocas risas. ¿Habrán querido gastarme una broma?, piensa, y de inmediato se siente estúpido porque nadie es tan importante, mucho menos en ese lugar.

Todos los habitantes de Sitio Viejo, poco más de ciento veinte almas, se encuentran reunidos al pie de un imponente y viejo mango donde un hombre, al abrigo de una tolda amarrada a las ramas por un lado y clavada con largos palos de cañabrava al otro, realiza una especie de espectáculo público. Price se mete entre la muchedumbre y ubica a Triana para sentarse a su lado. Todos los viajeros de la Comisión están allí, revueltos con el populacho, lanzando gritos de hilaridad y una que otra grosería. El oficiante es un hombre blanco disfrazado de indio. Lleva un imponente tocado de plumas de guacamaya en la cabeza y la cara pintada con dibujitos rojos y amarillos. El resto de su vestimenta es la típica de un criollo de clase baja: camisa de algodón, pantalón remendado y alpargatas de fique. Al lado de la tolda hay cinco antorchas y un puñado de lámparas de aceite que penden de un travesaño de madera. Eso basta para iluminar la escena o al menos para crear un espacio de colores gelatinosos donde el hombre blanco disfrazado de indio anuncia las increíbles proezas que el distinguido público está a punto de presenciar. ¡Qué digo proezas, milagros! ¡Milagros, señores! El hombre habla muy rápido y a Price le cuestan las consonantes arrastradas y las inflexiones sonoras del acento local, así que se entera más o menos de la mitad. Tiene que pedirle ayuda a Triana, que mira al mercachifle con un extraño brillo en los ojos en el que Price percibe mucho desprecio y algo de fascinación. Es sólo un culebrero, dice Triana sin dejar de mirar al tipo, que ahora se pasea entre la gente vendiendo ungüentos formidables para la ciática, pociones para mejorar el desempeño conyugal, sorprenda a la dama, sorprenda al caba… bueno, al caballero, no, claro, dice, y todo el mundo estalla en una carcajada. Ofrece infalibles antídotos para la picadura de serpientes y alacranes, todos mis remedios están confeccionados con las recetas ocultas de los míticos indios chimbilimbis, caricaris, piripiris, minisicuís y otras diez tribus de las selvas del Chocó, anuncia el señor, que habla y habla, hilando una frase con otra y con otra y Price a duras penas puede seguirlo. A continuación el culebrero hace honor a su nombre y exhibe su pequeña colección de mascotas amaestradas: diez serpientes de distintos tamaños y colores, una de ellas, calcula Price, debe de medir más de dos metros de largo. Todos son animales de dios, dice, siempre que uno sepa hablarles. A estos animalitos tan temidos, tan vilipendiados, con tan mala fama, sólo se los puede manipular así si uno posee, como yo, el anillo del Rey Salomón para hablar la lengua de todas las bestias. Véanlo bien, dice levantando el dedo meñique de la mano izquierda, en el que tiene, en efecto, un anillo que brilla quizá demasiado para ser de oro. Si yo no hubiera conseguido este anillo después de superar las Siete Pruebas, señores, yo no estaría aquí. Otro día les cuento las otras seis, pero la séptima prueba, que era la más verraca de todas, consistía en clavar desde lo alto del Salto de Tequendama, ese desfiladero por el que van a caer las aguas del río Bogotá desde una altura de ochocientos noventa mil millones de cabezas de pescado y sumergirse hasta la máxima profundidad. ¡Oiga, y qué profundidad, no me crea tan…! Eh, avema… profuuuundo eso. Pero yo me eché la bendición y dije: hágale, pues, mijo, que ya superó otras seis pruebas y ahora no se va a arrugar en la séptima. Me lancé, pues, como quien dice, colgado de las alas de un ángel. Porque otra cosa no, pero buen nadador… oiga, ¿buen nadador? Ja, es que, mejor dicho, otro día les cuento. El caso es que caí que ni pajarito pescador, derechito a ese espumero que se forma allá abajo, donde dicen que también cayó el dios Bochica de los indios muiscas junto al dios del relámpago en tremendo aquelarre nupcial. Y allá abajo eso no se vía, era nada porque, señores, lo que hay allá abajo es un remolino dentro de otro remolino dentro de otro remolino, cada uno más chiquito que el otro, cada uno más oscuro que el otro, pintado de todos los colores del negro, porque dentro del negro están todos los colores y todos los colores están en el negro y entonces yo me fui metiendo, metiendo en los remolinos hasta que encontré un baúl, vea, sí, un baulito así, tamañito, y allí adentro estaba este anillo que ven aquí. El Anillo del Rey Salomón. Nada más y nada menos. Para comunicarse con todas las criaturas de dios, con las buenas y con las malas, con las feas y con las bonitas. Así superé las Siete Pruebas, señores y así es que vengo hoy ofreciéndoles a ustedes el fruto de mis aventuras y conocimientos, que están todos, como quien dice, concentrados en este elixir…

Price mira al culebrero. Pero también mira a Triana mirando al culebrero. Y se pregunta por ese rebote de las miradas y, por supuesto, piensa en lo que sucedió la tarde anterior con Rosita. Trata de hurgar en sus sentimientos con la mayor honestidad de la que es capaz y alcanza a desentrañar los elementos de los que está hecho ese enamoramiento. Lo admira, claro, admira su trabajo, su manera de pensar, que para él se resume en la caligrafía de jardín descuidado. La compañía que se han hecho durante las últimas semanas ha estrechado el lazo, sin duda, la confidencia, el cosquilleo de los poemas recitados en un francés un poco rudimentario, ese sonido sobándose contra el insomnio compartido… No es, sin embargo, un arrebato. Es un amor tranquilo, que debe estar mediado necesariamente por alguien más, por otro cuerpo. No es el cuerpo de Triana lo que desea Price, que ha estado con un puñado de hombres y sabe cuándo la arrechera corre en esa dirección… pero eso no quiere decir que no sienta deseo en su presencia, un deseo que se chorrea, no hacia el propio Triana, sino que emana de él hacia el resto del mundo. ¿No será Triana el que lo desea a él?, conjetura por un instante. También percibe una enorme cuota de idealización, algo que queda establecido cuando descubre que Triana mira al culebrero con un asco indisimulado que viene a reflejarse en la sonrisa agria que le afea la boca. ¿Por qué semejante desprecio hacia ese pobre hombre? ¿A qué viene tanta animadversión por un ser que a lo sumo merecería compasión, incluso algo de simpatía? Es un badulaque, dice Triana, no se cansa de hacer el ridículo. Habla apretando las palabras por la cola, mordiéndolas incluso.

Ahora el culebrero hace su número más esperado de la noche. Su esposa y ayudante, que ha estado cobrando el dinero de las pociones todo ese rato, se sienta en una silla y mira a toda la concurrencia con una expresión indefinible.

Es como si dijera: tengo miedo, pero ustedes tienen incluso más motivos para estar asustados. Aprieta la boca, los pómulos le tiritan, parece casi a punto de pedir auxilio. Es una actriz portentosa, forjada en la práctica cotidiana del número y su mirada desafiante logra provocar un silencio casi unánime. El culebrero instala rápidamente tres paredes de madera muy liviana alrededor de la silla y deja sin cubrir la parte frontal, donde pone un vidrio transparente que saca de una caja con mucha pompa y ceremonia. A esas alturas la gente está arrobada por la habilidad con la que el hombre conduce el ritual, pero sobre todo por la actitud ilegible de la mujer, que no dice una palabra. Toda la charlatanería de antes ha dejado su lugar a un silencio solemne que el culebrero sólo interrumpe con frases cortas y precisas: a continuación verán ustedes la muestra más colosal de mis poderes y facultades, dice. Bajo el efecto narcótico de las antorchas cuya luz tiembla por toda la escena, las piernas de la mujer desaparecen, aunque todavía se puede ver la silla. Se oye un rumor de asombro espontáneo. La cara de Triana ha virado hacia la caricatura. Ahora la mujer desaparece de la cintura para arriba (todavía se ve el respaldo de la silla). Sólo la cabeza y un trocito del cuello quedan allí, flotando en el vacío. Y por último, tras pronunciar una palabra mágica y con un velocísimo pase de sombrero por delante del rostro de la mujer, la desaparición total se consuma.

En la caja sólo se ve una silla vacía. Hay aplausos, rugidos de euforia, silbidos, más aplausos.

Pero el número no acaba allí. El culebrero hace reaparecer a su mujer. Se cubre los ojos y señala hacia un punto muy preciso entre el público y allí está ella, sana y salva, rodeada de hombres que la miran atónitos y no pueden ocultar la incredulidad, el pasmo y hasta el júbilo. ¡Les dije que yo hacía milagros!, grita el culebrero.

Un truco de lo más infantil con puros espejos, dice Triana mientras vuelven al campamento caminando bajo un cielo estrellado. Estas zarandajas sólo sirven para embrutecer a la gente, no aportan en nada a su instrucción. Al contrario, hunden más a todos estos ignorantes en las tinieblas. Necesitamos maestros, no timadores ni mercachifles de pomadas de grasa de tigre.

Price desprecia el desprecio de Triana hacia el culebrero. Lo he idealizado, piensa, es obvio. En el fondo tiene cosas de hombre vulgar, sin ninguna compasión, sin amor por la humanidad. Sólo ama con un fuego frío a quienes considera sus iguales, que serán, imagino, un puñado de bogotanos que cuidan junto a él de ese mismo fuego frío, todo hecho con la mezquindad atávica con la que tratan todo lo que no son ellos. Price entiende de paso que lleva acumulando un resentimiento feroz contra toda esa gente con la que comparte tertulias y conciertos y sesiones de daguerrotipos de señoritos emperifollados en el estudio de Bennet. ¿Es para esa gente vulgar y sin corazón para quienes estoy traduciendo mi Wordsworth?, piensa. Vano esfuerzo: nunca sabrán apreciarlo.

Triana ama las orquídeas porque no es capaz de amar a las personas. ¿O estaré siendo injusto?

Las semanas que siguen son relativamente tranquilas. Los caminos en la provincia de Rionegro son buenos, al menos si se los compara con los que han tenido que transitar hasta ahora. Muchos de ellos son simples remiendos de los caminos reales que los españoles trazaron sobre antiquísimas vías utilizadas desde siglos atrás por los indígenas. Como sea, funcionan bien y las bestias caminan sobre lechos firmes de guijarro, pizarra, grava o tierra bien apisonada.

En los bosques de esas montañas se ven muchos venados, ositos hormigueros, tigrillos, pequeñas ardillas y ¡cuántos colibríes! Los hay diminutos, del mismo tamaño que insectos y otros un poco más grandes, pero todos son una fantasía para la vista: llegan de repente como hadas y se zambullen entre las flores aleteando a una velocidad imposible. Price los ama en la misma medida en que le muestran quizá el límite máximo de su incapacidad artística. El movimiento de aquellos pajaritos, que parecen recién escapados del Jardín del Edén, se puede comparar a una pulverización de piedras preciosas. Un proceso ya no visual ni físico, sino directamente alquímico, piensa Price. La transmutación de las materias arcanas.

Pese a todo, la representación de las formas humanas mejora considerablemente en las acuarelas que Price pinta durante los siguientes días. El pintor lo atribuye, por un lado, a su recién descubierta técnica de dibujar los cuerpos como prolongaciones o variantes de los paisajes y, por otro, al hecho de que en Antioquia predominan los tipos raciales blancos o mestizos con un fuerte componente europeo. Tampoco abundan los negros, y los que hay no se mezclan casi con las demás gentes, de modo que en esas provincias se facilita la representación de los tipos. Codazzi está feliz en esas tierras, donde ve un modelo de prosperidad que debería replicarse en toda la nación, aunque advierte pronto que eso sólo sería posible si se consiguiera en los demás sitios una uniformidad casi tan perfecta como la que se ve ahí. De esta manera las naciones logran la tan anhelada unidad, escribe en una carta de respuesta al expresidente Tomás Cipriano de Mosquera, evitando cualquier tipo de mezcolanza contra natura y asegurando que las generaciones venideras irán dejando atrás todo rastro de barbarie que pudiera haber en sus linajes pretéritos. El progreso racial es la base del progreso material. Codazzi incluye en el sobre algunos dibujos a lápiz donde Price ha representado a varios ciudadanos blancos de la región. Calculo que con los dibujos que le añado a la presente podrá usted encargar buenos grabados para divulgar en la prensa de Nueva York, escribe.

Price, que desde su encuentro con el capitán de los phnhê ha desarrollado gran interés por las cosas de los indios, pide permiso para ir a visitar un pequeño resguardo de los tahamíes.

Ha sido don Aníbal Echeverría, un viejo político liberal de Rionegro, muy conocedor de la zona, quien les ha hablado a los viajeros de los tahamíes, un pueblo de origen chibcha con una historia muy interesante. Se sabe por algunas crónicas españolas que, siendo como eran tan pacíficos, a diferencia de otros pueblos indígenas que todavía se conservan por allí, los tahamíes fueron colonizados primero por los mayas que bajaron desde Centroamérica y más tarde por los caribes que llegaron del Amazonas, de modo que en sus rituales, voces y cultura material retienen elementos de los dos extremos.

El pintor pasa un día entero entre los tahamíes, a quienes encuentra no sólo pacíficos, sino particularmente lindos. Delante de aquellos cuerpos experimenta una confusión de sentimientos: no sabe si tratarlos como mascotas dulces, como bestias sexuales o como a seres humanos, iguales a él. Por supuesto, no es capaz de hacerles justicia con sus torpes dibujos. Los rostros de los niños son de una perfección que ya quisiera el mismísimo profesor Gall haber encontrado en su propia cabeza. Las proporciones, la delicadeza de los rasgos. Son hermosos, piensa Price, luchando con el lápiz, consciente de que su técnica de asimilar paisaje y cuerpo no va a funcionar en este caso. Prefiere dedicarse a pintar objetos, tanto o más interesantes que las fisonomías.

En la iconografía Tahamí la figura predominante es el hongo. Hongo-pene, por supuesto, muchos penes, penes y penes y más penes de cuyo glande brotan las esporas de la vida, pero también, hongo-tigrillo, hongo-oso hormiguero y, en un giro de tuerca emocionante, hongo-vulva. O mejor, los labios de un sexo femenino que se abren como una gran orquídea de carne humana para dejar brotar un pene. Una honga. Hongue o como quieran. Todo este carnaval de los pronombres y las especies representado en figuritas de barro, pintado en ollas o en finísimas piezas de orfebrería hechas con tumbaga, una aleación de oro y cobre muy extendida entre los pueblos indígenas de estos países colombianos.

Al llegar a Medellín, la Comisión se hospeda en una casa quinta propiedad de don Estanislao Ospina Urdaneta, accionista de una mina de oro en el oriente, dueño de haciendas y de un pujante negocio de importación de mercancías inglesas.

La única preocupación en esos días luminosos y tranquilos es que Codazzi viene padeciendo una gastroenteritis por cuenta de las viandas antioqueñas. Después de tantas semanas a punta de mazamorra de maíz blanco, frisoles con garra de caribajito y arepa, el italiano tiene el estómago destrozado, aunque Triana opina que la infección se debe más bien al agua sucia con la que preparan el chocolate en algunos lugares. En la casa de don Estanislao las criadas someten a Codazzi a una estricta dieta de consomés y fruta fresca, bajo la supervisión del casi doctor Triana.

Price aprovecha para dar una vuelta por la ciudad y observar a la gente que se pasea por las plazas y las calles estrechas plagadas de cuanto negocio y venta de chucherías se pueda uno imaginar. Medellín es un pueblo muy animado, rezandero hasta el delirio, con montones de gente entrando y saliendo de las iglesias y capillas que hay regadas cada pocas manzanas, las señoras siempre con su camándula de cuentas de palo de rosa y la cabeza cubierta con el infaltable chal negro (a Price le parecen un poco orientales, como sacadas de una calle de Damasco), los hombres con el cristo colgado en el cuello, besándolo a la menor oportunidad. Hay algo en esa fruición con la que los medellinenses abrazan la religión católica que el pintor encuentra siniestro. No es fervor, ni es la simple fe de los humildes. Hay algo más, un fanatismo concupiscente, casi pecaminoso, aunque no descarta que pueda tratarse de un prejuicio suyo.

Una de esas tardes, en compañía de Triana y Codazzi, Price atiende la invitación que les hace el alcalde para visitar el edificio donde funciona el Colegio de Antioquia, cuna de la educación de los patricios locales. En uno de los patios del edificio, un patio muy bonito, con naranjos y palmeras, Price se queda escuchando el sermón de un cura a sus alumnos. Es un señor bajito y con la piel de una blancura malsana. El sacerdote levanta el índice y en su cara de ajolote semiaterrado se pinta una mueca de odio mientras diserta sobre la sangre derramada por Cristo en el Calvario y sobre la amenaza de los liberales masones y judíos al sacrosanto orden de la iglesia de Roma. El liberalismo, el socialismo, el judaísmo y la masonería son el nuevo azote con el que Satanás tortura hoy en día a la cristiandad, dice, antes de insistir en el asunto de la sangre de Cristo. Sangre y más sangre y más sangre. Price se deja arrastrar por la imagen y piensa en la menstruación. Tiene que hacer un esfuerzo para no dejar escapar una risita pueril. Durante unos segundos su cabeza arroja algunas conjeturas al vuelo. Cristo nació de una Virgen. La mayor carencia de Jesús fue siempre ésa. No tanto el hecho de que su padre, José, el carpintero, no fuera su padre, sino algo todavía más oscuro que el pintor, en sus limitados conocimientos sobre la fe católica, no alcanza a entender. La menstruación de la madre, concluye, debe de jugar un papel relevante en toda la economía de la encarnación. Por eso tanta insistencia en la sangre derramada por Cristo en el Calvario. La sangre que se nos oculta en un lado de la historia tiene que salir a borbotones en el otro extremo. Cristo cierra un círculo en el viacrucis, su cuerpo cubierto con la sangre que es también la sangre de la Virgen, que debió de dejar de menstruar en algún momento para que Él naciera. Por supuesto, son sólo ocurrencias que Price no se atrevería nunca a decir delante de nadie, pero el cura insiste: la sangre de Cristo esto y la sangre de Cristo lo otro. Y para rematar, viene el momento donde el ajolote habla de beber la sangre de Cristo…

Sutilezas teológicas aparte y pese a ser partidario de la instrucción laica, Codazzi queda gratamente impresionado con el papel civilizador de los curas en esas tierras. Ya hemos visto, y no sólo en las comarcas de Antioquia sino de toda la república, que en aquellos pueblos donde el cura es bueno, siempre hay firmes cimientos para el progreso. No podemos ser inflexibles en estas materias. No todos los curas son malos, dice en voz baja cuando caminan de regreso al coche.

O quizá Jesús, sigue Price con sus herejías a medida que el carruaje avanza por las calles empedradas y se interna en el camino que conduce a la plaza de armas, quizá Jesucristo, como hijo de Dios, tenía que encarnar no sólo al hombre sino a la mujer, es decir, a todo el género humano. Quizá lo que se nos está diciendo de manera velada en las escrituras es que Jesús, hijo de Dios y de la Virgen, tenía también una naturaleza femenina y por eso su destino era derramar toda esa sangre por nosotros, los pecadores. La menstruación divina.

Por la sangre de los masones, ¡Elai Beneal Manah!, exclama Price con entonación teatral, y se santigua, para estupefacción de Triana y Codazzi, que no tardan en comprender que el otro está tomándose a los curas a la chacota. Los tres se ríen a carcajadas. Cállese, Enrique, dice Triana agarrándose el vientre, que en este pueblo nos crucifican por mucho menos.

Al día siguiente asisten a un almuerzo organizado en la casa de don José María Uribe Restrepo, el propietario de la Sociedad de Zancudo, la empresa minera más importante y moderna de todo el país.

Price se aburre. No tarda en comprender que don José María ha armado ese convite porque quiere impresionar a Codazzi. El señor se da aires de intelectual y a la vez habla sin parar sobre sus dividendos, presume de su habilidad mercantil, da gracias a la Providencia por darle tan gratos dones en el arte de los negocios. Cada vez que Codazzi quiere intervenir, Uribe lo interrumpe y ahora diserta sobre la importancia de la moderación política. El general Mosquera y su secretario de Hacienda, don Florentino González, nos han dado una gran lección a todos en materia de eso que los griegos llaman *frónesis*, ¿no es cierto?, dice el anfitrión. En ese momento Triana y Price comparten una mirada de fugaz complicidad porque ambos entienden que en su perorata hay mucho de la charlatanería del culebrero de Titiribí. ¡La frónesis! ¡La sindéresis! ¡La prosémica! ¡Dónde estaríamos sin ellas a la hora de juzgar los asuntos públicos, dígame usted! ¡Y los de la guerra, cómo no! Codazzi hace un gesto para intervenir, pero el otro no lo deja. ¡Moderación ante todo! Mire, aquí donde me ve yo era el más conservador de los conservadores. Yo creía férreamente que la república debía edificarse en torno a un Estado fuerte plegado totalmente a los dictados de Roma, con instituciones centrales y muchos impuestos y trabas y aranceles y cerrojos a la peligrosa influencia del Pecado. Ingenuo de mí, que creía en la arcadia rural y autosuficiente donde los siervos sirven y los amos mandan de acuerdo a una jerarquía eterna. ¡Y vea usted! Vino don Florentino con su ciencia manchesteriana y nos mostró que todos esos embelecos de hacendado caucano no sirven sino para hacer pobreza y miseria por doquier. Vaya usted a ver lo que es el Cauca ahora. ¡Una ruina! ¡Nada de arcadias romanas ni paraísos de cucaña ni ínsulas Baratarias! El comercio da a cada quien lo que merece. Pone al rico en la cúspide y al pobre donde tiene que estar por su falta de esfuerzo y su molicie. Y para que eso ocurra el Estado central debe quedar reducido a sus mínimas proporciones. (Codazzi lo intenta de nuevo, alcanza a decir media palabra cuando el otro arremete, imparable.) El Estado central, como el sabio y esbelto administrador que es, no debe oponer obstáculo alguno a una actividad que, de por sí, produce virtud. La virtud civil emana directamente del mercado desconstreñido de ataduras, siempre y cuando la virtud moral y la educación se dejen en manos de la iglesia, faltaría más. ¡Frónesis! Todo con moderación, la ley aristotélica del Justo Medio, atentos a no caer en extremismos y tiranías. ¡Quién más conservador que el general Mosquera, dígame usted! Y sin renunciar a su credo… ¡Sindéresis! ¡Seremos liberales en lo que toque ser liberales y conservadores en lo que toque ser conservadores! ¡Mueran los dogmas políticos! ¡Vivan los dogmas de la religión! ¡Frónesis! ¡Y ciencia, señores, ciencia! Por eso yo aplaudo su heroica misión…

Codazzi ha dado con alguien incluso más pomposo y engreído que él, piensa Price, desde su rincón de la gran mesa del comedor, incapaz ya de ocultar la cara de aburrimiento. Ni rastro de la sonrisa hipócrita con la que ha intentado sobrellevar ese almuerzo del demonio.

El único efecto rescatable de aquella experiencia es que Triana y él incorporan a su léxico de humor privado las esdrújulas *frónesis* y *sindéresis*.

Como suele ocurrir en estos casos, los términos van perdiendo su sentido original y empiezan a desplazarse para cumplir funciones nuevas que rozan el disparate.

Tenga la amabilidad de dejarme allí esa frónesis, dice Triana a propósito de nada. Y Price responde algo como: ¿encima de la sindéresis? Ni encima ni debajo, retruca el otro, siempre al justo medio, con moderación. ¡Muera el dogma! ¡Ni muy muy ni tan tan!

En vísperas de la partida, Price se hace llevar a la casa de unos monjes franciscanos donde, según le han contado, reposa un gabinete con reliquias de los indios. La casa queda en el cercano cantón de Envigado, al final de un maltrecho camino de herradura que corre al pie del río Medellín, a través de inmensos potreros y mangones. Los curas franciscanos, a diferencia de los dominicos del Colegio de Antioquia, no hablan con odio ni se ven enfermizamente blancos, al contrario, bajo la cabeza tonsurada muestran un rostro saludable con la piel bronceada, y sus gestos transmiten dinamismo, serena beatitud, una fuerza espiritual bien contenida. Le caen bien a Price esos curas, que ahora lo conducen por los pasillos frescos de la casa hasta una habitación donde guardan chécheres viejos, torsos de santos por reparar, herramientas. El tal gabinete resulta ser un pequeño armario de madera que contiene algunos pocos objetos de interés, especialmente piezas de alfarería (de nuevo la iconografía sexual del hongo, de nuevo el murciélago), aunque la mayoría se encuentra en muy mal estado, carcomido por la humedad. Decepcionado, Price dibuja algunos bocetos sin ningún entusiasmo, sólo para no sentir que ha perdido el viaje.

Un rato después llaman a la puerta y un monje muy joven se asoma tímidamente para anunciarle que está invitado a tomar el chocolate vespertino. El pintor le sigue los pasos al muchacho hasta que llegan al huerto situado en la parte posterior de la casa, al otro lado de un amplio muro de adobe con repello calado. Allí zumban las abejas saliendo de las vibrantes flores de la planta de la calabaza, que extienden sus retorcidos cables verdes entre una profusión de tomates y yucas, choclos peludos, pasifloras con ricos frutos, tunas y pitahayas que se trepan por ramas y paredes. A un costado del huerto, los monjes han construido una cocina y un comedor cubiertos bajo un techo de tejas de barro soportado por un firme armazón de madera y cañabrava. Price se sienta en el único lugar vacío, de espaldas a las hortalizas, mirando hacia una pared con pinturas hechas al fresco. Los colores ondulan por todo el espacio y se dejan contaminar por los reflejos que vienen del huerto. El corazón de Price da un vuelco cuando reconoce los trazos, las mañas, los detalles. Y la firma, claro. Ese pequeño garabato de geometrías blandas que forman una barbacoa ilegible.

El fresco muestra a san Francisco de Asís en una de sus representaciones más convencionales, la famosa prédica a los pájaros. El santo ocupa el centro de la escena, con la espalda ligeramente inclinada y el índice en alto para dirigirse no sólo a decenas de pequeñas aves, sino a toda una asamblea de animales tropicales: un jaguar, una tortuga, un caimán, un mono aullador, un tucán, un oso de anteojos y un armadillo que parecen sonreír mientras escuchan el sermón. La escena tiene lugar al pie de un riachuelo del color del vino, con fulgores azulados y verdes y, si el ojo del espectador remonta la corriente, descubre que el agua fluye desde las entrañas de un frondoso bosque, pintado en dudosa perspectiva para dar la impresión de lejanía. Como ya es costumbre, es en esas zonas periféricas de la pintura donde la maestría del artista reluce. Cada detalle está hecho con admirable precisión botánica, respetando las formas de las hojas, las texturas de las cortezas, la amistad habitual entre especies, las plantas parásitas que crecen en los sobacos de las ramas, en particular las orquídeas.

Price, en pleno rapto de contemplación, se acerca a la pared.

De la boca de san Francisco brotan y se dispersan, como un dorado aserrín, las palabras del sermón.

Las orquídeas parecen máscaras o cabezas de criaturas fantásticas.

Una serpiente se camufla entre las ondas turbias del agua.

Detrás de los troncos de los árboles, apenas sugerido, se intuye un aquelarre de siluetas. Pero ¿qué son? ¿Un fauno que persigue a un grupo de ninfas? ¿Espectros? ¿Almas en pena? ¿Demonios? ¿Pequeños dioses caídos en desgracia?

Ahora Price se aleja de la pared, casi hasta el comienzo del huerto, para ver mejor todo el conjunto y lo que aparece desde esa distancia hace que le tiemblen las piernas: san Francisco y sus dos compañeros en esa aventura, Maseo y Ángel, tres hábitos marrones, quizá demasiado holgados, tres capuchones enormes que apenas dejan ver las caras blancas, pero ¿no parecen también tres gigantescas setas de cuyos sombreros salen volando miles y miles de diminutas esporas doradas?

Price, aferrado a su ojo escéptico, vuelve a mirar. Y vuelve a mirar. Y allí siguen los tres hongos. Y los tres hábitos.

Y las esporas.

Las letras doradas que vuelan por el espacio haciendo firuletes.

Un rato después, mientras toman el chocolate con especias y tajadas de queso cremoso, los frailes franciscanos le cuentan a Price todo lo que saben del artista, que para ellos no es ningún personaje misterioso. Es sencillamente don José. José Rufino Pandiguando. Artesano itinerante, muy habilidoso y conocedor de muchos oficios, que, según parece, aprendió con importantes maestros en Quito y El Cuzco. Vino hace cinco años y trabajó por encargo en este fresco y en otros tres óleos que se repartieron por distintas parroquias de la región. El artesano Pandiguando se hospedó unos meses con los frailes, hizo su trabajo, cobró su tarifa (barata) y se marchó. Así de simple.

Al preguntarles por la raza del personaje, no hubo dudas de que se trataba de un indio. Pero ¿indio de las montañas o de los valles? ¿Indio de tierra fría o de tierra caliente? En ese apartado surgieron las dudas y al final los frailes no pudieron ponerse de acuerdo. Tenía rasgos y conductas de ambos lugares. Quizá es un indio de los que llaman paeces o nasas, opinó un monje que había peregrinado en su juventud por la provincia de Popayán. Se sabe que esos indios viven en las montañas porque a eso los obligaron pero ellos vinieron de las selvas del sudoriente y eran una raza de guerreros amazónicos muy feroces antes de que los redujeran a las encomiendas y los resguardos.

Pasan dos semanas. La expedición avanza rumbo al sur por las selvas de la provincia de Sonsón y en varias ocasiones Price trata de hacerles el cuento a sus compañeros de viaje acerca del maravilloso fresco del huerto franciscano, pero ni Codazzi, que anda demasiado ocupado con sus cartografías, ni mucho menos Triana, con su militante racionalismo, se contagian del entusiasmo del pintor. Price decide no volver a sacar el tema y durante los siguientes días bocetea en silencio la flora de esos bosques.

Los caminos vuelven a empeorar. El tiempo también. Otra vez la lluvia, el barro, la humedad.

A Price le pican los pies. Cada dos por tres se saca las botas para rascarse. La piquiña es insoportable. Un mapa quebradizo de pellejos amarillentos le cubre las plantas y los talones. Triana, preocupado, lo examina y cree que quizá se trata de una infección provocada por algún hongo. En las noches, cuando acampan al aire libre o se hospedan en alguno de los muchos pueblitos nuevos de colonos antioqueños, Triana le trata los pies a su amigo con baños de vinagre y hierbas medicinales.

Gracias, dice Price, fumándose un tabaco con las patas metidas en un platón, los pantalones remangados hasta las pantorrillas.

Una de esas noches, cuando la infección de los pies parece remitir, el pintor tiene un sueño. Los ojos de santa Lucía lo miran, no ya desde el tradicional plato, sino encima del espejo de la guerra de los phnhê. A la mañana siguiente Price no recuerda nada.

Algunos de los pueblos fundados por los antioqueños ya tienen plaza, iglesia y hasta cantina. En esa zona todos son conservadores. Los liberales, les dicen en tono muy serio de amenaza, no son bienvenidos.

Hasta esas lejanías los alcanzan algunos preocupantes rumores que llegan de Bogotá, donde las tensiones políticas parecen haber llegado a extremos inimaginables hace apenas unos meses. Codazzi indaga entre los colonos, pero ninguno es capaz de explicarle con precisión qué sucede en la capital. Sólo cuando arriban a Manizales la información se vuelve algo más fiable gracias a los periódicos bogotanos que circulan con retraso. Esta vez el pleito no es entre conservadores y liberales, sino entre los liberales mismos, que se han dividido en dos facciones al parecer irreconciliables.

En un ejemplar de *El Neogranadino* con fecha de hace veinte días Price intenta descifrar lo que sucede.

Por un lado, están los liberales de la élite, defensores a ultranza del libre mercado, que han apostado toda la suerte de la nación a un único número de la ruleta: la exportación de materias primas. Por el otro, están los liberales plebeyos, agrupados en torno a las llamadas Sociedades Democráticas, que en la práctica funcionan como sindicatos en los que los artesanos vienen cultivando un vocabulario, unas demandas y, a la postre, exigiendo reformas puntuales: aranceles a las importaciones de manufacturas a fin de fomentar la producción nacional.

Esto último no conviene a los gólgotas, que en gran medida viven de comerciar con chucherías importadas y se pasean por las calles de Bogotá, Cartagena, Popayán o Panamá exhibiendo muy orondos sus finas ropas fabricadas en las grandes metrópolis.

Los artesanos están convencidos de que, si el gobierno frena el enorme flujo de mercancías, especialmente inglesas, y si se destinan recursos a fortalecer la industria, ellos podrán eventualmente fabricar y abastecer al mercado local de todos los bienes que necesitare la patria: vajillas, zapatos, ropa, sombreros, baldosas, mampostería, muebles, piezas de ebanistería, herrería y todo cuanto pueda imaginarse, incluso máquinas de vapor y combustible. Una hábil combinación de aranceles graduales a la importación y desarrollo de técnicas con el debido apoyo extranjero bastaría para cambiarle la cara al país.

Eso pregonan los artesanos desde sus pequeñas publicaciones, volantes y revistillas impresas en sus rudimentarios talleres.

Los políticos bogotanos, con su extraña afición a las referencias bíblicas o grecolatinas, bautizan a los liberales burgueses y librecambistas como *gólgotas* y a sus rivales de las clases populares como *draconianos*.

Por mucho que se lo explican, Price no acaba de entender por qué los llaman así. ¿Acaso los unos nos conducen al calvario y los otros son demasiado severos? ¿Con quién quedarse entonces?

Tampoco hace falta saber mucho de política para darse cuenta de que la Comisión se encuentra, por definición, del lado de los gólgotas.

En una demostración de orgullo, los artesanos sólo se visten con la ropa que fabrican los sastres locales, así que las diferencias en materia de política económica se traducen también en el vestuario de los dos bandos liberales repentinamente enfrentados. Los gólgotas, jovencitos de la alta sociedad, quieren parecer caballeros ingleses y se autodenominan *cachacos*.

La etimología más extendida dice que la palabra viene de la combinación del galicismo *cachet* (prestigio, lujo) y del anglicismo *coat* (abrigo). Es decir, abrigo suntuoso.

Es de suponer que los jóvenes anglófilos bogotanos se esforzarían por pronunciar la palabra para que sonara a extranjera. Algo así como *cashé-cout*.

Siempre deseosos de marcar distancias (estéticas, políticas), esos cachacos han empezado a utilizar la palabra *guache* para referirse a los artesanos.

Guache es una palabra que viene de la lengua indígena muisca y su significado original es «aguerrido», «valiente», «gran señor». Los gólgotas la emplean primero para descalificar el atrevimiento, la insolencia de los artesanos y, con el paso de los meses, el término se vuelve sinónimo de persona vulgar, mal vestida, sin educación.

Según la extensa relación publicada por *El Neogranadino*, todos los días hay algún altercado leve en las calles de Bogotá.

Uno de los más prominentes cachachos, el lechuguino veinteañero Ángel María Ponce de León, debe huir a toda prisa de una muchedumbre furiosa de «guaches» (las comillas son de la crónica del periódico, de clara filiación gólgota) que lo ataca con certeros proyectiles de bosta fresca.

En represalia, cuatro días después, el ciudadano Rómulo Quinchía, carpintero de profesión, es molido a palos por ocho señoritos en plena calle Real.

En el costado de las buenas noticias, el periódico informa sobre los esperanzadores avances en la construcción del ferrocarril de Panamá. Un inesperado repunte en las acciones de la compañía en la bolsa de Nueva York ha permitido que la obra continúe sin mayores contratiempos. Los beneficios fiscales y las perspectivas para el progreso general de la nación son incalculables, dice el diario.

Pronto los viajeros y las mercancías provenientes del Atlántico podrán cruzar hacia el Pacífico y alcanzar en muy poco tiempo el puerto de San Francisco sin tener que dar esa engorrosa vuelta por el cabo de Hornos. La fiebre del oro y la expansión territorial de los Estados Unidos en esa parte del mundo apuran la necesidad de un traslado más eficiente de mano de obra proveniente de la costa este y Europa.

Con los pantalones remangados hasta las pantorrillas, los pies metidos en el platón de agua con vinagre y hierbas, el tabaco mal apretado en una esquina de la boca y el periódico abierto de par en par, Price comprende con total lucidez que la velocidad de transformación del mundo es superior a su capacidad de raciocinio y siente vértigo. Incertidumbre. Algo de miedo. ¿Quién podría explicarme todo esto? ¿Quién sería capaz de contarlo debidamente, ponerle algo de orden en un relato coherente?

Es imposible seguir el ritmo del mundo, dice Price en voz alta para que Triana, sentado en una silla frente a él, lo oiga y tal vez le ayude a orientarse en el remolino. El botánico de la Comisión está más preocupado por varios de sus amigos gólgotas, famosos en toda la ciudad por su afición a recorrer las malas calles en busca de aventurillas con jóvenes de las clases bajas. Espero que sean prudentes y se resguarden al menos hasta que las cosas se calmen, dice Triana. Se nos alborotaron los tales guaches.

La sensación de extravío por momentos hunde a Price en un estado de resignación, de entrega. Se deja llevar, sigue el paso de los demás, abandonado a la voluntad ajena, casi como un autómata despojado de cualquier libre albedrío. ¿Qué hago yo aquí?, piensa. ¿Adónde vamos? ¿Al norte, al sur, al occidente, subimos o bajamos? ¿Acaso me he quedado dormido? ¿Me despertaré de repente y me hallaré en otro lugar, en Bogotá o en Brooklyn o, peor aún, seguiré siendo un niño y estoy en estos momentos soñando todo este delirio con mi cabeza apoyada sobre la almohada de mi camita, en la habitación de la casa de mis padres en Londres? Piensa esas cosas al mismo tiempo que comprueba, en su estado de suprema abulia, que la materia del mundo, real o imaginaria, es obstinada. Las cosas le resultan incomprensibles, pero también persisten, siempre palpables por mucho que apriete los ojos en un esfuerzo por despertar. Un chorro descomunal de partículas penetra a su pesar al cuerpo por la piel, por el oído, por el olfato y entonces tiene que aceptar que sigue ahí, que está presente ahí, da igual si se trata de una pesadilla. Quiero despertar, masculla, el cuerpo bamboleándose encima de la mula. Mula y hombre hechos una misma bola resignada. Vuelve a cerrar los ojos. Los aprieta y en el interior de los párpados se activa una ardiente cortinilla de pixeles. La piel sigue captando la luz, piensa. No hay manera de salir de aquí. Comprende, además, que la pintoresca caravana de mulas, hombres y equipajes asciende hacia algún lugar situado muy arriba en las montañas. Pero ¿tendrá fin ese ascenso o seguirán subiendo para toda la eternidad? ¿Acabará algún día la pendiente?

El frío es cada vez más intenso. Sopla un viento helado. Los bosques de grandes hojas que resplandecen entre la niebla van dejando su lugar a una siniestra planicie de tundras grisverdosas atravesadas por riachuelos argentinos y lagunas de mercurio.

¿Estaremos subiendo de verdad o descendiendo a un infierno de hielo, engañados por algún demonio?

Hace tanto frío que los hombres se emponchan en sus ruanas como pueden y hasta se cubren el rostro con lo que encuentran. El vapor de la respiración se condensa en la tela, que acaba empapada. Alrededor de las cabezas se forman rápidas volutas con cada exhalación.

A veces, entre los chales de niebla raída, surge la figura imponente de unas extrañas plantas que asustan a Price. Son frailejones, dice Triana, atento al pasmo de su amigo, los españoles los llamaron así porque de lejos parecen frailes, con su capucha, ¿no lo ves? Sometido como un niño a la misericordia de los dioses, a Price le parecen más bien dragones, pero prefiere no decirlo en voz alta.

Algunos miden más de dos brazas y crecen muy despacio, más o menos media pulgada al año, así que haz la cuenta, dice Triana. Estos deben de tener entre doscientos cincuenta y trescientos años.

El pintor toca las hojas, muy gruesas y cubiertas de un fino pelo blanco. Son las escamas de un dragón, piensa. Y estos no son ningunos frailes. Los españoles, siempre tan predecibles en su tarea evangelizadora, en su afán por demeritar las cosas americanas, ven hábitos y sotanas en cualquier parte. Incluso delante de un portentoso monstruo como éste.

Deberían llamarse *dragones de la niebla* y no *frailejones*. Qué nombre tan estúpido. No les hace justicia.

Price no lo sabe, pero en medio de su extravío acaba de dar con una de las claves de la dominación territorial del continente: la política colonial de los nombres. Nombres condescendientes, peyorativos, a ratos hasta cariñosos, pero todos ellos fabricados con el propósito de hacer pensable la apropiación, el pillaje, el expolio o la aniquilación.

Aquella tundra, que los locales llaman *páramo* y Codazzi describe a cada rato como un «desierto», en realidad está habitada por montones de animales. Venados, osos, colibríes y, según dice uno de los baquianos que los guía montaña arriba, se encuentran en la morada del puma, bestia arisca y esquiva, más que fantasma. Los que lo han visto no han podido contar el cuento, suelta con una risita que deja aterrado a más de uno.

A partir de la lectura del barómetro, Codazzi estima que se hallan a una altura aproximada de 4.000 metros sobre el nivel del mar. Y siguen subiendo.

Atrás van quedando los dragones y Price sólo percibe el delicado colchón de musgos y líquenes sobre el que venían avanzando cuando éste desaparece y el terreno se vuelve ya definitivamente pedregoso, yermo. La expedición asciende ahora entre nubes musculosas, por un paisaje que hace pensar en la coronilla de una antigua calavera reseca.

De un momento a otro comienza a nevar. La caída en diagonal de los copos ataca a la hilera de mulas por un costado. El mulato Pacho, que custodia la retaguardia, no alcanza a ver a los hombres que encabezan la fila, borrados entre las estelas blancas.

El mulato Pacho también está asustado, quiere volver a su casa, en las orillas picantes de Honda. Es la primera vez que se enfrenta a la nieve. La experiencia desfigura su percepción de lo humanamente concebible y tiene que hacer un esfuerzo para no ponerse a gritar.

Pero al final grita. Un grito en todo caso inaudible porque el viento sopla mucho más fuerte y entonces una de las cortinas de la realidad se desgarra y el alma del mulato Pacho es succionada por la vorágine de vacío en los entretelones de ese teatro sin paredes, sin público. Porque nadie alcanza a oírlo. Nadie se da la vuelta para prestarle auxilio. El mulato Pacho se queda paralizado en su propio limbo blanco. No puede dar un paso más mientras la caravana avanza y avanza hasta perderse en la nevada, dejándolo completamente solo, borrado también él para cualquier ojo.

Cuando los demás se dan cuenta de que han perdido al mulato Pacho ya es demasiado tarde. No pueden hacer otra cosa que seguir subiendo y rezar para que el fiel baquiano haya encontrado la manera de sobrevivir hasta que regresen por ese mismo camino. Si es que logran regresar por ese mismo camino, claro.

La nevada cesa al atardecer, cuando la expedición llega a la Mesa de Herveo, donde se arman las tiendas para acampar y se montan dos hogueras, una para los animales y otra para los hombres. Las nubes, sin embargo, no dejan entrar ni un rayo limpio de sol y la noche se precipita antes de que el fino reloj de bolsillo de Codazzi marque las seis.

Los hombres se turnan para mantener vivo el fuego en medio de la oscuridad y el viento helado.

Casi nadie logra descansar. Ansiosos, muertos de pánico, mal resguardados del frío en su endeble carpa, Price y Triana charlan como dos presos en la víspera de su ejecución, a veces con los ojos abiertos, a veces con los ojos cerrados. Ni siquiera se dan cuenta de en qué momento se quedan dormidos.

A la mañana siguiente Codazzi los despierta a los gritos. Price cree que ha ocurrido una nueva desgracia, pero no. Son gritos de júbilo. ¡Miren, miren! ¡Vengan a ver esto! *È più bello delle Alpi, più bello delle Alpi!*

Lo que encuentran al salir es tan formidable que Price corre de vuelta a la carpa para buscar sus pinceles y se pone a trabajar de inmediato, temiendo que un repentino cambio atmosférico vuelva a ocultarlo todo tras las nubes. Son los glaciares del Ruiz, el Tolima, Santa Isabel y el Gran Cráter. El pintor, con las manos agarrotadas de frío, pone todo su empeño en rendir una buena imagen de los nevados y sin duda algo de la monumentalidad, algo del sentimiento sublime que provoca su sola visión, traspasa hasta la acuarela. Aun así, Price no está satisfecho y en su composición pone unas figuritas humanas caminando por la Mesa de Herveo, esperando que el contraste de tamaños logre dar una idea de las dimensiones de los glaciares. Price siente que ha arruinado la pintura con ese último detalle, pero ya no hay tiempo de hacer otra. Pandiguando lo habría hecho bien, como es debido, piensa, mientras pone sus pinturas de vuelta en las cajas de madera.

Al mediodía empiezan el descenso y el guía hace lo posible por desandar con precisión los pasos. Ni rastro del mulato Pacho.

Lo más seguro es que se haya muerto de frío, dice otro baquiano, y el guía responde que eso sería en el mejor de los casos, porque también es posible que se lo haya llevado el puma. El puma sube sus presas hasta el glaciar, dice el guía, y las esconde para que no se le pudran y para que los cóndores y otras aves de rapiña no se las coman. Así tienen una despensa para las épocas en que el alimento escasea.

Price siente alivio cuando vuelven a cruzar por el páramo de los dragones de niebla. Es como si estuviera regresando a un lugar más familiar o en todo caso más humano. Un lugar donde la capacidad de simbolización recupera al menos una pizca del vigor que las cumbres de hielo suspenden en un paréntesis de silencio.

Poco a poco, a paso muy lento porque la ausencia de Pacho ha dificultado aún más el trabajo de carga y arreo; durmiendo a la intemperie casi todas las noches, la Comisión se va internando en el Quindío y una mañana ya caminan por el valle del Cocora, entre las palmas de cera (*Ceroxylon quindiense*), que alcanzan alturas sorprendentes de hasta diez cuerdas españolas (unos setenta metros).

Los viajeros encuentran mucha belleza en el Quindío y mucho potencial en sus bosques de finas maderas, además de tierras fértiles, buenas para la agricultura. Perciben allí un primer atisbo de las singulares costumbres sociales que, como ya les advirtieran en Medellín, se fraguan en todos esos países del Cauca. Lo que se van encontrando son caseríos de colonos antioqueños, sólo que, a diferencia de lo que se veía más al norte, en las montañas de Caldas, donde la gente es más selectiva a la hora de formar familias, aquí los hombres se amanceban con las negras, indias y zambas y forman con ellas casa y finca. Y no les va mal, a juzgar por cómo viven. Son gentes modestas pero con mucha voluntad de educarse y progresar. El problema más urgente, y su motivo de queja más repetido a los viajeros, es que no han conseguido legalizar el uso de sus tierras, que en su mayoría son propiedad ostentada por señores de Cali y Popayán con títulos y cédulas que conservan desde el tiempo colonial. Otros tienen sus fincas en zonas baldías, propiedad de la república, pero todos los derechos de petición que han elevado a las autoridades nacionales han sido desoídos por la presión y los dientes largos de esos mismos señores caucanos, siempre temerosos del avance de los colonos hacia el sur. Cuando se les pregunta por su filiación política, casi todas estas familias se declaran liberales.

Unos días más tarde la Comisión desciende por fin al valle del río Cauca y sólo allí, en las haciendas de Buga y Tuluá, empiezan a comprender los temores de los grandes hacendados. La abolición de la esclavitud les ha privado de mano de obra estable y, en su desesperación por mantener la producción en sus grandes extensiones, se han visto obligados a flexibilizar el uso de la tierra, sobre todo mediante el régimen de aparcería, esto es, dejando que familias de colonos antioqueños o exesclavos negros utilicen pequeñas parcelas a cambio de trabajo en tiempos de siembra y cosecha. La economía de la región está en una situación poco menos que calamitosa. No hay accesos eficaces a los mercados internacionales. Casi todo se saca por el río Cauca en dirección al Magdalena, en un viaje que puede durar hasta dos semanas, y unos pocos productos logran ponerse en el vecino puerto de Buenaventura, a orillas del océano Pacífico, pero para llegar hasta allí hace falta cruzar un tramo selvático de la cordillera y sortear las caudalosas aguas del río Dagua a bordo de canoas conducidas por unos bogas cada vez más levantiscos, todo por culpa de las dichosas ideas republicanas que andan en boca de todos en los últimos tiempos.

Y es cierto: los bogas exigen pagos justos por su trabajo, los exesclavos quieren que se les garantice su libertad definitivamente y además piden tierras en los ejidos, las ñapangas fabricantes de viche claman contra el monopolio del aguardiente, los colonos paisas quieren títulos de propiedad, los mineros de Timbiquí y Barbacoas ya no quieren saber nada de sus antiguos amos y se han refugiado en la selva, los indios mueven cielo y tierra para que se les respeten sus resguardos, los pequeños comerciantes quieren estabilidad monetaria y reglas de juego claras y los artesanos... los artesanos directamente quieren una república de artesanos y no una mediocre republiqueta de exportadores de materias primas e importadores de baratijas extranjeras. Todos piden, se queja don Guillermo Borrero, un hacendado conservador. Aquí la guacherna sólo sabe pedir y pedir y pedir. Con decirle que hasta quieren voto universal, cómo le parece. ¡El tal cuentico de los derechos nos está llevando al descalabro! ¡Derechos para mí y para el de más allá! Pero, dígame usted, ¿y los deberes? ¿Acaso esta gente no tiene deberes para con la patria? Ya les dimos su abolición de la esclavitud, no sé qué más quieren. Estos negros sólo nos van a traer la ruina, le digo, la ruina. Don Guillermo Borrero, conocido también como el doctor Borrero, aunque no es doctor ni nada parecido, sino simplemente un bachiller con una pequeña biblioteca de libros de derecho comercial, don Guillermo pronuncia todo este discurso en la sala de su casa, rodeado de diez, once, doce criadas negras, según cuenta Price en el rato que pasan allí, invitados por aquel importante señor. A todas las trata divinamente. Vení, mija, le dice a una jovencita mulata de mirada huidiza, haceme el favor y me les traés más champús a estos señores, que están sudando la gota gorda.

En el valle otra vez hace mucho calor. Demasiado para el gusto de Price, que se está abanicando con una mano y bebiendo su champús con la otra cuando ve entrar a una mujer de unos veinte años, perfectos rizos rubios que contrastan con una cara un poco deforme, los ojos estrábicos, la nariz enorme, la quijada prominente y torcida hacia un lado, el labio inferior perpetuamente mojado. Saludá, mona, le dice don Guillermo. No es necesario ser médico para darse cuenta de que la mujer sufre de alguna enfermedad congénita, cretinismo, quizá. Se llama Eugenia Borrero Cabal y, pese a la incomodidad inicial que provoca su conformación física, la mujer resulta muy extrovertida y dicharachera. Incluso manifiesta su intención de ser gobernadora de todas esas provincias, casarse con un hidalgo y tener un palacio en Popayán con muchos esclavos. Don Guillermo sonríe condescendiente y enternecido por su criatura. Pero, princesa, le dice, las mujeres no pueden ser gobernadoras, y ambos sueltan una risotada que hace revolverse a Codazzi en su silla.

Esa no va a ser la última persona con algún tipo de retardo mental que se van a encontrar en su periplo desde Tuluá hasta Cali pasando por Buga y Bugalagrande. De hecho, a Triana le sorprende la gran variedad de mongoloides, enanos, liliputienses, microcefálicos, prognáticos o cumbambones, como se los conoce por allí, hemofílicos, zurumbáticos, atarantados, boquinches y virolos que les salen al paso por todas las casas que los acogen, bien para hacer noche o sólo por unas horas. La abundancia de anomalías médicas aviva la curiosidad de Triana, que después de unos días averigua la causa. Es costumbre en todo ese valle el matrimonio entre primos hermanos a fin de garantizar que las propiedades no se dispersen entre herederos indeseables. El temor a perder sus tierras y apellidos es tan grande, que muchos hacendados prefieren recurrir al incesto antes que casarse con alguna campesina sin linaje o con la hija de algún colono o mercader aparecido. Uno de los casos más sonados es el de un tal Nicasio Caicedo y Salamanca que, creyendo casarse con su prima, se casó en realidad con una medio hermana a quien su padre había engendrado en adulterio con una tía segunda. El caso es tan complejo por el cruce de líneas de parentesco que Triana tiene que explicarlo dos veces para que Codazzi y Price lo entiendan.

Los dos hijos de aquel matrimonio, según cuentan, salieron normales, pero no así cuatro de los nietos, a quienes se considera bobos de remate muy peligrosos, violadores de niños y asesinos, y por eso mismo los tienen encadenados en una pieza de la hacienda como si fueran animales. Los jornaleros que trabajan por temporadas en esas tierras cuentan que los gritos de aquellas criaturas satánicas les ponen los pelos de punta y que casi nadie dura labrando en ese lugar por miedo a que les caiga alguna maldición.

Esa es otra de las cosas que perciben los viajeros y es que en el Cauca abundan los cuentos de espantos y brujas. Toda la gente es supersticiosa, creyente en fuerzas sobrenaturales y, quizá por influjo de la gran cantidad de africanos que viven en ese país, quien más quien menos anda con su amuleto rezado en el bolsillo.

A estos caucanos parece que no les llegó la sindéresis, dice Triana, burlón.

Se la quedaron toda en Antioquia, contesta Price un poco distraído porque a él, como buen inglés, siempre le han fascinado los cuentos de fantasmas.

A Cali llegan, ya no a lomo de mula, sino cabalgando, pues el terreno plano del valle así lo permite. ¡Y qué buenos caballos han conseguido! Y encima por un precio muy razonable que les hizo el criador en Tuluá. Para no dejar atrás a la recua de mulas con las cargas y al resto de hombres, los tres jinetes tienen que ir tirando de las riendas para refrenar los bríos de su montura. Aun así, en ciertos tramos es imposible no dejar correr a los animales, que siempre quieren salir disparados como bolas de cañón, y a los hombres se les contagia la felicidad de la carrera y no pueden evitar la sonrisa cada vez que los caballos se les desbocan. Entonces tienen que frenarse y esperar a las mulas haciendo lentos giros de modo que el animal se vaya calmando mientras echa resuellos y bufidos en plena descarga de energía.

La pequeña pero pujante ciudad de Cali es, por encima de todo, un gran mercado situado en un cruce de caminos que conecta a las provincias del norte del valle con las lomas sureñas de Popayán, el penoso sendero que asciende en dirección a Buenaventura al oeste y el río Cauca al costado opuesto. Esa posición de relativo privilegio con respecto a los pueblos vecinos es lo que explica su rápido crecimiento como enclave comercial. La otra razón, no menos importante, es que en Cali hay muchas tierras baldías de las que llaman *ejidos* y que vienen a ocupar gentes que provienen de otros rincones del estado del Cauca donde los hacendados ejercen un control mucho más férreo. Montones y montones de negros, mulatos, indios o mestizos que solían vivir en el régimen de esclavitud de las haciendas se han desplazado a esos ejidos con la idea de armarse una casita y una chagra a la que sacarle algún provecho. Price nota que, por mucho que les duela reconocerlo a sus teratológicos oligarcas, que desearían que su ciudad se pareciera más a Popayán o a Quito, en Cali se ha formado un remolino de vida alrededor del mercado. Cali es plebeya, popular, bulliciosa, con mucho rejunte de razas y a ratos parece como si la suerte entera de la ciudad se estuviera jugando en una ruleta y todos los jugadores estuvieran ahí pendientes del giro, con los ojos bien pelados, a ver en qué número se detiene la bolita.

Charlando con el ciudadano Ramón Mercado, los viajeros comprenden que todo ese clima festivo es el resultado de los acontecimientos políticos ocurridos desde hace ya varios años, antes y después de la abolición.

Don Ramón, un maestro mulato de orígenes humildes que ha desempeñado varios cargos públicos, de los cuales el más importante ha sido el de gobernador de la provincia de Buenaventura, es un hombre muy inteligente, instruido y con gran capacidad oratoria, como lo comprueban Price y Triana en su visita a la Sociedad Democrática de Cali, que tiene inscritos más de mil miembros oficiales y otros cientos más que la frecuentan sin una vinculación fija. A diferencia de lo que sucede con esos espacios en Bogotá, la Sociedad Democrática aquí no funciona sólo como una especie de sindicato exclusivo para los artesanos. Para Price, y así se lo comenta en voz baja a Triana, el lugar hace las veces de escuela democrática donde gente de todas las clases y razas aprende los rudimentos en los que se basan las ideas republicanas. Allí se mezclan el joven liberal de élite con sus ideas progresistas, la ñapanga, el jarreabultos del mercado y el indio contrabandista de tabaco.

Don Ramón Mercado pronuncia un encendido discurso para esa muchedumbre revuelta y multicolor donde hace un balance de lo sucedido en los últimos años y exalta las virtudes del pueblo de Cali. Me dispongo, dice, a publicar un memorial estrictamente apegado a los hechos, porque muy mucho nos han calumniado, muy mucho nos han pintado con las tintas del libertinaje y la anarquía en la prensa de Bogotá, llamándonos con nombres oprobiosos que no pienso repetir aquí, ciudadanos. Desde que, en la ya memorable fecha de marzo de 1849, nuestra gente, unida a un mismo grito de Libertad, amalgamada en un solo corazón democrático, saliera a las calles para impedir que los tiranuelos municipales, malos remedos de Calígulas, nos arrebataran lo conquistado en las reformas aprobadas por el Congreso de la Nación… O como quien dice, para impedir que el curso imparable de la historia se consumara aquí también, en este valle de lágrimas. Desde entonces, os digo, ciudadanos, que no hemos hecho otra cosa que resistir y luchar, luchar y resistir. Y lo hemos hecho sin dejar de sonreír, sin dejar de hacer sonar los melodiosos instrumentos de nuestras bandas, como el pueblo feliz que la Providencia ordenó que fuéramos. Estos sátrapas sin corazón habrían preferido que el esclavo fuera siempre esclavo, que un Ser Humano, óiganme bien, un Ser Humano fuera tratado para toda la eternidad como un útil, como un objeto de su propiedad con el que pudieran hacer y deshacer a su antojo. Pretendían ser los sempiternos sosias del patriciado romano, pero sin una migaja de la grandeza de Roma. No contaban con que este pueblo ardía en deseos de dar una lección, no ya a la pequeña comarca, ni siquiera al país, sino a todo el Mundo. A la América Democrática que desde hace ya medio siglo dijo ¡Basta! al pueblo de Francia y sus comunas que hoy siguen peleando por su libertad desde las barricadas, contra la pezuña diabólica de los viejos y nuevos enemigos de su Revolución, luz universal, y contra quienes guerrean en nombre de la libertad mientras la reprimen en su propia nación, que no otra cosa hizo el tal Napoleón. ¡Porque el pueblo dijo basta! ¡Basta! ¡Basta! ¡Dijo basta aquí, dijo basta en Venezuela, ambas republicanas! ¡Dijo Basta al otro lado del Carchi, en el Ecuador, donde la bota jesuita aplastaba la cabeza del hermano indio, del hermano del Guayas! Y ahí vienen también, acopiando arrestos en Brasil y Perú. Se lucha en Buenos Aires. Se lucha en Chile como en ningún lado. ¡Basta!, dijimos. ¡Basta!

La gente aplaude y todos repiten: ¡Basta! ¡Basta! ¡Abajo la Tiranía de los Pocos! ¡Viva el Pueblo! Price y Triana, arrastrados también por la dulce y poderosa jalea de la democracia popular, también echan vivas y mueras, se abrazan con el que tienen al lado y se sorprenden cuando ven que a la vez todos se santiguan porque se dicen muy cristianos y aseguran, por enseñanza de don Ramón Mercado, que la democracia la inventó Jesucristo cuando predicó la igualdad y el Reino de los Pobres.

Esa noche, recostado en su cama, Price hojea todos los periódicos, octavillas, folletos y fascículos que ha adquirido en la Sociedad Democrática. Previsiblemente, esas publicaciones reflejan las bizantinas tensiones al interior del liberalismo. *Sentimiento Democrático* tiene una jerga militante, muy de choque cuando se trata de abordar temas como la raza o los derechos civiles, pero cuando describe las reformas o debate cuestiones técnicas sobre economía se alinea con los principios del liberalismo oficial de los gólgotas, si bien en sus páginas aparecen artículos firmados por Lorenzo María Lleras y otros viejos conocidos de la línea draconiana. En *El Clarín Republicano* se hace un resumen de la prensa local y extranjera, con especial énfasis en los recientes acontecimientos de la Comuna de París. *La Guacamaya de Minerva* es un folletín de cuatro hojas que sólo tiene de bueno el nombre pues, además de artículos escritos en una prosa árida, incluye caricaturas muy mal impresas y peor dibujadas que vuelven imposible seguir siquiera el chiste o el comentario sarcástico. Otras tantas de las octavillas y volantes no tienen el más mínimo interés para Price, son feas y aburridas, no le dicen nada. Muchas tienen un oscuro talante cristiano y en ellas se habla de igualdad, pero se especifica que sus redactores no son comunistas sino liberales y gente muy amante de las buenas tradiciones católicas. Todo es un poco previsible, aburrido o feo hasta que llega a un ejemplar de *El Artesano del Mañana*, un hermoso, ¿cómo llamarlo?, ¿cuadernillo?, ¿fascículo? Hoy en día lo llamaríamos *fanzine*. La publicación también incluye notas sobre la Comuna de París, pero les presta más atención a los discursos del socialismo utópico y traduce fragmentos de Owen, Fourier o la peruana Flora Tristán, que llama a la «unidad universal» de todos los obreros del mundo. Cada detalle de *El Artesano del Mañana* está hecho con primor y delicadeza, desde las dos tipografías (en alta y baja) hasta las ornamentaciones florales que bordean la caja del texto, pasando, cómo no, por las bellísimas ilustraciones, pequeñas viñetas más bien, en las que se muestra cómo será el país en el futuro, cuando la República de los Artesanos se haga realidad, con ciudades que parecen aglomeraciones de termiteros o panales de abejas y avispas o nidos de pájaros futuristas, el cielo surcado por decenas de globos aerostáticos que transportan pasajeros y mercancías, cables aéreos en los que viajan suspendidos unos carruajes para conectar unas ciudades con otras, ferrocarriles muy veloces que se elevan hasta las cumbres heladas y aparatos que imitan la forma de las alas de las mariposas y permiten a cada obrero volar hasta su casa cuando sale del trabajo (jornada de cuatro horas con fines de semana libres, se especifica al pie del volante).

Una brevísima nota anónima habla de la necesidad de combatir la competencia desigual a la que los artesanos se ven sometidos por culpa de la importación de manufacturas extranjeras. ¿Y cómo, diréis vosotros, podremos defendernos de un enemigo tan grande? Yo os lo diré, ciudadanos artesanos, yo os diré cómo David matará nuevamente a Goliat: con la belleza. Podemos competir, no en cantidad, pero sí en belleza. Cuanto más bello sea lo que hagamos, mayores posibilidades tendremos de ganar esta batalla.

En la parte inferior de la última página, escrito en negrita y en un cuerpo de letra muy pequeño, Price lee:

IMPRESO EN EL TALLER DE R. PANDIGUANDO
Popayán. República de Nueva Granada. MDCCCLII

Por encargo de Codazzi, el pintor se pasa los siguientes días documentando los tipos sociales, atuendos y costumbres de la ciudad.

Ningún elemento de la sociedad caucana atrae más a Price que aquellas mujeres a las que llaman *ñapangas* y que al parecer abundan desde esta comarca del valle hasta el vecino país del Ecuador. Son casi todas negras, mulatas o mestizas que atienden en sus propias pulperías, donde también operan los alambiques artesanales. Allí fabrican de manera clandestina el viche y otras bebidas espirituosas de alta graduación alcohólica, por eso, en nombre del libre mercado, vienen exigiendo que cese el monopolio del aguardiente por parte de unas pocas familias de la oligarquía. Todas las ñapangas gozan de una gran independencia económica y viven una vida que para la mayoría se considera licenciosa, pues no suelen formar familia estable con ningún hombre por miedo a perder su libertad, que es lo que más valoran estas mujeres. Sus pulperías funcionan también como centros de acopio donde se venden todas las cosas que fabrica el pueblo raso en las vecindades: confites, pasteles, dulces, tamales, manjarblanco, mecatos variados, pero también alpargatas, sombreros, ponchos, ruanas, vajillas de barro cocido, cagüingas y otros utensilios de madera, pailas de cobre, herramientas de labranza y un sinfín de cosas que Price trata de bocetear como puede.

Las ñapangas tienen hijos con distintos hombres, que en algunos casos responden de la crianza y en otros muchos no, aunque a ellas no podría importarles menos porque para eso tienen sus negocios. A algunas les va mejor que a otras, por supuesto, cosa que se deja sentir en el vestuario y la diferencia de calidad en las joyas con que adornan sus gargantas, orejas y narices.

A Codazzi y a Triana esas mujeres les parecen simple y llanamente unas putas disfrazadas de empresarias. Aguirre, Lima y Melo, tres jóvenes liberales gólgotas de la Sociedad Democrática, hablan de ellas con un tono zalamero y condescendiente, pues las consideran un vergonzoso rezago colonial y esperan que el avance de las reformas permita a esas mujeres incorporarse a la sociedad como amas de casa y ángeles de un hogar decente. La barbarie llega a tal extremo, dicen, que algunas mujeres se establecen con otras de su misma calaña en unión pecaminosa. ¡Cuánto atraso! ¡Monstruosa herencia la de los corruptos virreyes!

Price, en cambio, está muy interesado en las ñapangas, charla con ellas a la menor oportunidad, prueba sus licores, les compra chucherías y, pese a las limitaciones de siempre, dibuja en sus cuadernos más de cuarenta bocetos tratando de reproducir su vestuario y su porte orgulloso.

A él no le parecen coloniales sino, al contrario, muy modernas, independientes. Una de esas tardes se descubre teniendo un pensamiento: ¡qué formidables mujeres! Ya quisieran todas esas damitas escurridas y pálidas de Bogotá… pero mejor no seguir por allí, no sea que le toque cuestionar las sólidas bases de su matrimonio, sus capitulaciones, su cobardía…

Una noche de insomnio y mucho calor, paseando por los puestos ya cerrados del mercado, entre las doñas que salen a prostituirse, los borrachitos que orinan en un rincón, las erizadas hordas de perros hambrientos y los caballos taciturnos atados a sus carretas vacías, Price es testigo de una curiosa escena. Al principio, por la bulla y los gritos exaltados, cree que se trata de la típica riña por alguna deuda de juego, pero al acercarse y mirar mejor ve que hay una rueda muy bien formada de gente que se contonea al son de unos tambores, mientras una pareja de hombres armados con machetes se enfrenta en el centro del claro. Chispa va y chispa viene con el choque de los metales. Los movimientos parecen a la vez espontáneos y coreografiados. ¿Están bailando o están luchando? Los cuerpos se bambolean de un costado al otro y en cada embestida del machete le encuentran un resquicio imposible al compás de seis por ocho marcado por los tambores, desafiando ya no sólo las leyes del movimiento y la materia, sino las de la aritmética. Price sigue sin entender si es una danza o una pelea, porque los machetazos van al bulto y el bulto oscuro, pesado, se escurre en el último momento como una sombra para eludir y contraatacar, entrando y saliendo de una intersección de círculos y triángulos trazados con un sutilísimo temblor del cuerpo, de la mano. Si es un baile es un baile letal, piensa Price. Lo que sea que esté ocurriendo allí transcurre en una orilla indecidible entre la relajación absoluta y la precisión geométrica más inverosímil. Algo similar sucede con la música misma, que arrastra la escena como una locomotora tira de los vagones de un tren: una melcocha caliente de espacio-tiempo se estira y se estira sin romperse nunca, un menjurje sabroso que se percibe como una pura superficie de tonos marrones en plena fuga hacia sí misma y Price forma parte de ella, como una pincelada más en el gran labio sudoroso que se abre para que se juegue el juego mortal.

Por mucho que nos esforcemos en dejar establecidos nuestros saberes, piensa Price, la vida se nos entrega sólo así. Una humilde sucesión de cuadritos girando hacia la desintegración. Viñetas de color licuado que traducimos mal en unos sentimientos, en un puñado de ideas desparramadas. Llamamos *memoria* y *filosofías* a lo que sólo son discretas revoluciones de pigmentos encima de una transparencia que logra, apenas por una milésima de segundo, mirarse a sí misma mirando.
En el centro de esas revoluciones siempre hay dos cuerpos luchando a machetazos.
Y está bien que así sea. Está bien.
Price sueña esa noche con un gigantesco bosque devorado por las llamas. Él observa todo desde una colina. Las horribles quejas de los animales que no logran escapar del fuego forman una música hermosa de cataclismos sin tiempo. La elegía espectral se eleva con el humo hacia el cielo y más allá, hasta enturbiar la luz de las estrellas más lejanas.
A la mañana siguiente Price no recuerda nada.

El viaje hasta Popayán dura poco menos de una jornada y se puede hacer a caballo sin mucho perjuicio de los animales, pues el camino asciende gradualmente desde los alrededores de Quilichao, donde acaba el gran valle, y las colinas se van remontando poco a poco. La distancia total no llega a las veintitrés leguas (poco más de cien kilómetros), pero ese último tramo acentúa la sensación de lejanía porque el clima y la vegetación de la montaña van alterando el cuerpo de una manera que resulta imposible de precisar, menos de describir. El paisaje se cierra de golpe y la hilera de bestias y hombres sube a lo largo de una estrecha garganta que se abre cada tanto hacia una terraza a cielo abierto, desde la cual se divisa una ondulación de muchos verdes. Cuando las nubes así lo permiten, se alcanza a ver en el horizonte de poniente el azul diluido de los farallones que separan a esos valles del océano Pacífico. Y así se reanuda el ciclo: gargantas, desfiladeros de asfixia vegetal y tierra colorada, seguidos de miradores que revelan las secretas transformaciones del agua en luz, de la luz en nubes, de las nubes en follaje, del follaje en piedras jóvenes y arcillas que cubren todo el espectro del marrón. Subiendo y bajando y volviendo a subir.

Los caseríos que atraviesan por el camino están muy animados con la proximidad de las elecciones. Las maltrechas bandas de música tocan bambucos y torbellinos festivos para celebrar el inminente triunfo liberal. Se rumorea que los conservadores ni siquiera planean presentar candidato, de modo que la presidencia se va a dirimir entre las dos alas del Partido del progreso. El preferido en estos países es el viejo general José María Obando, de origen caucano, héroe de las guerras de Independencia junto a Santander y máximo agitador de La Guerra de los Supremos, una contienda civil que todos reconocen como el germen del actual predominio de las ideas liberales y la abolición. Los negros, que no pueden votar pero igual participan de la parranda democrática, son los que más animan a elegir a Obando.

En las dehesas de los alrededores de Cajibío, ya muy cerca de la ciudad, los hombres piden permiso para internarse en el monte a cazar venados. Codazzi y Price participan a cierta distancia porque sus habilidades son escasas, aunque les divierte la persecución y el acecho. Triana, poco amigo de esas actividades, prefiere aguardar a la orilla del camino y cuidar de las mulas. Se oyen los disparos a lo lejos. Huye una bandada de quinquinas, con su chalequito verde y amarillo que brilla a contragrís.

Un par de horas más tarde vuelven los cazadores arrastrando con dificultad el cuerpo de un gran macho adulto. Los baquianos, muy expertos, carnean y salan las presas en un santiamén antes de guardar las viandas en unos zurrones de hoja de plátano bijao atados con cabuya.

La expedición sigue su camino. Atrás queda sólo el costillar pelado y las vísceras como siniestros signos de puntuación. No han avanzado casi nada cuando todos se dan la vuelta, alertados por el ruido de los gallinazos que se han acercado a comer de la carroña, los largos cuellos hurgando entre las aberturas de las carcasas.

Los aleteos negros perduran en el ánimo de los testigos durante mucho tiempo, hasta que, ya casi al final del día, entran a Popayán por un pequeño puente de ladrillos.

Mientras cruzan, Price admira la espuma del río Cauca que parece hecho de cerveza color ámbar oscuro bajo la luz del atardecer.

De las ramas de todos los árboles que salen a recibirlos cuelgan unas largas barbas grises. Líquenes, explica Triana, intentando sin mucho éxito que sus datos científicos despejen los malos aires de la superstición.

A esa hora las calles de Popayán producen un silencio que se siente como el sudor que brota de la piel de un enfermo.

Han llegado a la sede central del gobierno eclesiástico y civil de todas las provincias del sur, donde además funciona la Universidad del Cauca, una de las más antiguas del país, pero la ciudad parece muerta. Desde detrás de las tapias se oye uno que otro ladrido, voces familiares y el tintineo de lo que parecen los platos de la cena. Las calles están limpias, quizá demasiado en comparación con Cali, y los muros blancos de los edificios coloniales emiten un brillo lunar. No hace frío, el termómetro marca veinte grados y, aun así, hay algo en la luz, en el aire, una exhalación de cripta abierta, que hace que los edificios coloniales asuman una catadura severa, como de sacerdote iracundo viendo pasar a sus monaguillos. Si el Cauca es tierra de espantos, a Price no le cabe duda de que ésa debe de ser la capital, la fábrica misma donde nacen los fantasmas para luego salir a asustar por el resto de las comarcas.

A pesar de que sigue residiendo en Nueva York, el expresidente Tomás Cipriano de Mosquera, natural de estas tierras, ha dispuesto hasta el último detalle para que la Comisión sea bien recibida en su ciudad. Todos los viajeros, incluidos los baquianos, guías y cargueros, se hospedan en la enorme casa situada a una cuadra de la plaza principal. Allí los sirvientes ya tienen lista la cena: tamalitos de pipián con pambaso de sal y ají de maní para comenzar y, de plato fuerte, conejo confitado en cocción lenta de chocolate y tamarindo (aunque esto sólo está reservado para Codazzi, Triana y Price; el resto come en mesa aparte y allí les sirven un contundente guiso de yucas con sobrebarriga desmechada en mojo de tomates con achiote y unas gotas de vinagre de ajipique). Codazzi, que sabe de estas cosas, emite el veredicto: es la comida más deliciosa que han probado en todo el viaje o, al menos, la más sofisticada en su preparación y la combinación de ingredientes. Huamán, el criado indio que los ha atendido desde que llegaron, interviene con voz firme: me alegra que les guste, dice. Aquí tenemos mucha afición a los pecados nobles de la mesa y la cercanía espiritual con Quito en eso nos ha beneficiado mucho. Triana sonríe admirado por la elocuencia de don Huamán, que les rellena los vasos de un mosto medio fermentado que, si nadie se atreve a llamar vino, pasa por decente bebida de mesa con su chin de alcohol.

Price se acuesta muy cansado. Tiene una habitación sólo para él con una ventana que da a la calle vacía por la que de vez en cuando pasa algún carruaje, algún peatón bien envuelto en su capa castellana.

Esa noche, con el batiente abierto para que entre el fresco y algo de la luz del farol de la esquina, Price sueña que lo obligan a participar de un número de magia conducido por un culebrero antioqueño. Triana se da cuenta de que su amigo está nervioso y lo anima diciéndole que es un truco barato con espejos. El culebrero saca con cuidado los cristales transparentes de una caja de madera y empieza a situarlos delante de Price, que tarda un rato en darse cuenta de que su cabeza ha sido cercenada en algún punto del número y ahora flota por encima del público. Una cabeza voladora, con la boca abierta, los pelos locos al viento. La gente trata de agarrarla, hay gritos y carcajadas. Desde su posición en la silla, Price ve su propia cabeza voladora y se ve a sí mismo mirándose desde ambas cabezas y la cabeza, las cabezas, tienen colmillos parecidos a los que dibujan los indios en sus ídolos zoomorfos.

Price se despierta con la boca muy seca y un dolor casi insoportable en las sienes, pero no se acuerda de nada.

La agenda de los viajeros en Popayán es apretada. El expresidente Mosquera les ha arreglado toda clase de homenajes solemnes en la sede de la Gobernación, otro agasajo en casa del alcalde, encuentros sociales, almuerzos, reuniones de trabajo con profesores de la Universidad del Cauca y hasta una recepción en la sede secreta de la masonería (que de secreta no tiene nada: todo el mundo sabe dónde se reúnen).

Durante el día la ciudad se ve más linda y animada, al punto de que Price olvida la sensación ominosa de la primera noche. Ahora todo le parece primaveral, vivo, no sólo en las calles, con mucha algarabía diurna, sino en el interior de las casas, donde suele haber fuentes de piedra y muchas plantas que se llenan de decenas de pajaritos diminutos que llegan a comerse los frutos o a chupar de las flores a cualquier hora. Los aguaceros recurrentes sólo aumentan la belleza de los patios. Los ladrillos y las piedras del suelo emiten un brillo de repostería y el aire se llena de un olor a petricor muy especial que a Price le trae recuerdos de su infancia en Inglaterra. ¿Acaso no huele a cuento de hadas, piensa en un rapto de cursilería impúdica, pero también a musgo, a trufas picantes, a humus fresco, y acaso no huele a los cadáveres de esas mismas hadas sólo que descompuestos hace siglos, a una putrefacción que de tan prolongada se ha vuelto dulce, proteica, no huele a promesa de relámpago?

Lo saca de la ensoñación Triana, que viene muy entusiasmado después de reunirse con don David Simmonds, un profesor de ciencias muy versado en temas botánicos. Y de ascendencia judía, como su señora, le dice Triana. ¿No le suena? No, a Price no le suena. Los judíos de Bogotá forman una clase predominantemente comercial, a diferencia de los que viven por esa región, donde son propietarios de tierras y se dedican a explotar sus haciendas. No es el caso de don David, explica Triana, que llegó de Curazao hace cinco años para cumplir un contrato de profesor en la universidad. Familia de comerciantes, según parece, y estudió en Inglaterra y Alemania. Vino solo y acá contrajo matrimonio con una gentil, como dicen ellos, doña Margarita Garrido.

El profesor Simmonds ha descrito cuatro nuevas especies de orquídeas que se pagarían maravillosamente bien en Europa. El problema, como de costumbre, es el transporte y que las flores lleguen allá sin sufrir mucho después de pasar por los once climas de esos países, más la travesía por el Atlántico.

Esa tarde, Price asiste sin sus compañeros a una tertulia de poetas locales en la bellísima casa del señor Ifigenio Albán. Para sorpresa del pintor, esos bardos popayanejos son muchísimo más presuntuosos que los de Bogotá, pues se creen mejor cultivados que nadie. La velada incluye poemas dedicados a la patria perdida de antaño, homenajes a los conquistadores españoles, himnos petrarquianos, admoniciones horacianas que invitan a huir de la opinión pasajera del presente y a buscar las verdades eternas, uno que otro soneto amoroso que sacrifica cualquier asomo de sensualidad en la correctísima cruz de la métrica. Todos parecen dominar el latín y compiten por ver quién alcanza el ideal de la expresión castiza, que para ellos es como el Santo Grial de la poesía, el cáliz donde el criollo, expulsado del paraíso, puede untar su lengua bastarda con el vino añejo de una hidalguía que quizá nunca ha existido en ninguna parte, mucho menos en España.

En el momento cumbre de la tertulia, un muchachito que no tendrá ni quince años lee un poema, en alejandrinos muy bien compuestos, acerca de una leyenda local muy extendida que dice que don Quijote de la Mancha se encuentra enterrado en algún lugar de Popayán. Price siente curiosidad y pregunta en tono jocoso por la leyenda. Sin ninguna ironía, al menos en apariencia, los poetas se interrumpen unos a otros, ansiosos por aclarar que, en efecto, los restos de don Quijote reposan allí en la ciudad, aunque hay división de opiniones sobre si la tumba se halla bajo el alcornoque centenario de la plaza central, al pie de una palmera de chontaduros en las inmediaciones del morro del Tulcán o en el suelo de la diminuta iglesia de la Ermita. El pintor, con voz tímida, se atreve a sugerir que don Quijote no existió, que es un personaje de ficción, producto de la sola inventiva de Cervantes, es más, continúa Price, don Quijote ya ni siquiera es un personaje: es una alegoría. Una alegoría de las empresas imposibles, de la utopía absurda, de los sueños inalcanzables, a lo cual algunos responden muy airados que no, que don Quijote no murió como cuenta el libro, sino que se embarcó a las Indias habiendo probado su pureza de sangre y se instaló ahí mismo, en la Nueva Granada, donde vivió sus últimos años en medio de una digna pobreza y al cuidado de unos dominicos que le daban techo y comida porque se divertían con el relato de sus hazañas. A esas alturas, Price no sabe si le están tomando el pelo o si hablan en serio, porque esos popayanejos, además de pretenciosos, han dado varias muestras de ingenio y buen humor a lo largo de la tertulia. Las carcajadas que suelta una mujer, una mujer vestida de luto que lleva toda la velada sin intervenir, sentada en un rincón, confunden todavía más a Price. ¿De qué se ríe esta dama? ¿Y si está de luto por qué vino aquí?

El joven poeta que acaba de leer los versos, con una suave sonrisa que lo hace parecer más guapo, tercia a tiempo para evitar que Price conteste de mala manera: perdone usted a estas almas traviesas, dice, pero concédanos un punto: ¿quién puede distinguir una alegoría de una persona de carne y hueso? Dígame, señor Price, ¿no es verdad que, cuando el cuerpo muere, todos nos volvemos alegorías, hayamos existido o no? Nuestro paso por este mundo es una procesión de fantasmas y de la carne pecadora y sufriente a duras penas queda eso, la fábula, el emblema, el símbolo opaco. La mujer de luto aplaude discretamente, pero sus manos enguantadas no producen ningún ruido. Price está desorientado y más aún cuando la viuda le pone los ojos encima. Él no es capaz de sostener la mirada, inclina un poco la cabeza y se queda hipnotizado con las manos de la mujer, que ya no aplauden, sino que se posan sobre la falda negra en un movimiento acompasado que trastoca el tiempo. No importa lo que digan, remata el joven, hermoso y persuasivo a partes iguales, no importa esa cosa vulgar a la que llaman *los hechos* y que a lo sumo interesa a las mentes vulgares que pregonan la libertad de prensa para vender baratijas y las ideas de moda. El Quijote está enterrado aquí en Popayán. Los demás asienten y de pronto parecen cachorros menesterosos al lado del joven y majestuoso poeta.

En ese momento, la viuda se levanta de su silla y se acerca a saludar a Price, que le besa la mano con una inclinación medio gallinácea. Le presento a mi madre, dice el joven, Julia Hormaza de Villarroel. La mujer, sin dejar de sonreír en ningún momento, hace una venia irónica que es más un gesto de coquetería.

Al despedirse en la puerta de la casa, el joven invita a Price a la fiesta de su santo, que tendrá lugar el próximo sábado en la hacienda familiar. Nos honraría mucho a mí y a mi madre si pudiera acompañarnos en la celebración, dice el joven. La mujer ya se ha subido al carruaje, pero Price sabe que está escuchando todo. Imposible resistirse, piensa el pintor, que da las gracias y trata de corresponder a la simpatía con una sonrisa y un ligero movimiento de cabeza. Me llamo Pedro de Villarroel, añade el joven en su retirada.

Price no acaba de entender lo que ha sucedido durante la tertulia. Recostado en su cama después de la cena, trata de reconstruir el hilo de las conversaciones y se burla con desprecio de los poemas, de los latinismos regurjitados porque sí y porque no. Y qué decir de la indignante calvicie de varios de estos señores tan ridículos, que se tapan la coronilla formando un churumbel almidonado con el pelo que les crece encima de las orejas, viejos prematuros, malos aprendices de calvo, ni qué decir de la pompa con la que pronunciaban sus delirios castizos… y, sin embargo, tampoco puede dejar de pensar en la bellísima cabeza rubia del joven, en su elocuente discurso sobre la alegoría como destino último de cualquier vida, real o imaginaria, en el guante de la viuda (¿no olía un poco a jazmín y a patio mojado?), en sus movimientos de gato mañoso, en los bucles negros. La piel un poco morena, las cejas espesas y el pescuezo largo. Entonces cae en cuenta de que la mujer no habló en ningún momento. Lo único que oyó salir de su boca fueron esas carcajadas, quizá demasiado estridentes.

La cinta de imágenes pasa y vuelve a pasar en bucle y su ánimo va zozobrando entre el resentimiento por las burlas de los poetas y el magnetismo de las dos criaturas hermosas, el hijo y su madre, hasta que se queda dormido, exhausto de tanto pensar y descifrar enigmas.

A la mañana siguiente, durante el desayuno, le pregunta muy cándidamente a don Huamán si de casualidad no sabrá dónde encontrar a un artista llamado Pandiguando. La sola mención de ese nombre le amarga todo el rostro al criado. Las dos sirvientas que llevan y traen los platos de la mesa se quedan petrificadas por un instante. Con esfuerzo, Huamán pasa de la visible irritación a la curiosidad y le devuelve la pregunta a Price: si no es indiscreción, señor, ¿cómo es que usted conoce a semejante personaje? Conozco su obra, contesta el inglés. Parte de ella, al menos. Huamán tuerce la cabeza y se le arruga el entrecejo: entiendo, dice. Ni Codazzi ni Triana perciben el silencio incómodo entre los otros dos hombres. Sólo las criadas permanecen en vilo. ¿No sabe, entonces?, dice Price. No, señor, responde Huamán. Pero, si me permite la recomendación, no estamos hablando de una persona digna de Vuestras Mercedes. Sólo entonces Codazzi se interesa y levanta la vista de la correspondencia que está leyendo mientras se termina su chocolate. Yo no odio mi raza ni mucho menos, prosigue Huamán, pero hay un tipo de indio de cuya extinción se beneficiarían todas las demás razas: el indio arrogante. No hay nada peor que un indio arrogante, señor, y el tal Pandiguando es, sin exagerar, el rey de los que conforman su clase. Una de las sirvientas se atreve a asentir antes de marcharse a la cocina con una tanda de platos sucios. Triana se limpia la boca con una servilleta para intervenir: o sea, dice, lo que hoy llamaríamos un reverendo guache. Huamán suelta una risita de diablo triste: eso, eso, un guache. Un guache que vive como los cerdos, encochinado y feliz en el pecado.

Price se ve obligado a preguntar al azar por las calles. Se pasa un buen rato abordando a personas de todo tipo en los alrededores de la plaza, gente del pueblo, vendedores, carretilleros, criados que van o vienen de hacer algún mandado y hasta señores vestidos a la moda de Londres que consultan su leontina a cada rato como si anduvieran muy ocupados. A juzgar por el atuendo de estos caballeros uno juraría que hace un frío otoñal muy intenso, pero hoy de hecho hace calor. Price calcula que el termómetro debe rondar los veintiocho grados, cosa natural si se tiene en cuenta que la ciudad está en un piso térmico de clima templado, muy parecido al del Quindío y algunas zonas de Antioquia. El pintor, sin embargo, ha notado que a los popayanejos les gusta presumir de su clima «europeo» y hacen todo lo posible para que su vestimenta se ajuste a esa ficción. Y no se puede decir que no lo consigan, pues antes de llegar aquí todas las personas describían la ciudad como «fría» o «muy fría».

Ahora bien, no es que Price no obtenga nada en sus averiguaciones, pero toda la información es borrosa. La única persona que le da señas precisas es una ñapanga que se ha detenido en una esquina a esperar a una comadre. ¿El Rufino?, contesta la mujer, claro que lo distingo, milor. Pero la prósima vez vusté enderece mejor ese chimbo porque así le entra bizco; el tal Pandiguando es compango de misiá Humberta; por ella es que debería preguntar, que para algo los tiene cebados, a él y al otro negro diablo que le zapatea la cucaracha, ya me entiende. Y pues la verdad es que no, Price no entiende ni la mitad de lo que le dice la señora, pero al final logra sonsacarle en claro que la pulpería de la tal misiá Humberta queda en el ejido de Chuni, a poco menos de una legua de distancia, bien pasado el cementerio. No vaya si no lleva con que defenderse, le advierte la señora. Que ese camino sabe estar llenito de salteadores.

Price no pierde el tiempo regresando a casa por su caballo. Una legua es lejos pero no tanto y además hoy ha decidido tomarse el día libre, así que agarra la calle de Altozano y baja derecho hasta que esa misma se convierte en la de San Francisco. En una placita adornada con una cruz de piedra le pregunta a una anciana que vende gelatina de pata en un humilde puesto casi a ras de suelo. Se trata de una india muy arrugada envuelta ella también en mil capas de abrigo, como si el sol de la mañana no le estuviera quemando la piel de la cara y las manos. Ni siquiera suda. ¿Sólo para los caballeros y las indias hace frío en esta ciudad? ¿Y los demás, mulatos, zambos, cuarterones, mestizos y blancos extranjeros, por qué tenemos calor y andamos con poca ropa? Si ahora mismo pintara una acuarela de esta calle nadie sabría qué tiempo hace realmente. ¿Acaso el clima en estas tierras es también una invención psicológica, una alegoría?

La vendedora le contesta apenas con un gesto y un silbido. ¿Todo derecho?, insiste Price. Todo derecho, repite ella con un acento muy chueco lleno de síncopas. Claramente la mujer no habla bien español. ¿Segura? ¿El ejido de Chuni?, dice él, sintiéndose como un bobo. La vieja asiente con la cabeza y vuelve a hacer el gesto: un brazo que sale disparado junto a la onomatopeya *fiuuuuu*.

Cinco manzanas más adelante, el empedrado termina abruptamente y el suelo se vuelve de tierra amarilla. La arquitectura también cambia. Ya no hay casonas señoriales de dos pisos con grandes portones de madera, ya no tantas chambranas de piedra que exhiben los blasones familiares. Ahora sólo hay viviendas modestas, algunas con techo de tejas de barro y otras de paja, muros de bahareque, las huertas protegidas apenas con una rejilla de bambú, mucho perro vagabundo, algún burrito cargado de leña y un fuerte olor a mierda por las acequias que corren descubiertas.

Luego viene un desparrame de chozas y bohíos de guadua sin paredes, destinados tanto a vivienda como a cocinas comunales, almacenes o ventas. Colgado de un palo, Price lee un letrero que anuncia venta de guarapo y chicha. En otro se ofrece servicio de limpieza de lápidas y un poco más allá aparecen los primeros puestos de flores.

Aquel barrio de chozas y floristerías termina en las grandes cancelas de hierro que marcan la entrada al cementerio. Hoy no se ve a mucha gente visitando a sus muertos.

Price bordea el camposanto y camina a lo largo de una reja desde la que pueden verse las tumbas, casi todas muy humildes, con cruces de madera, otras con lápidas de piedra o mármol, y al fondo están los mausoleos destinados a los cuerpos de las familias de los notables, con ángeles custodios y estatuas pensativas. Es un cementerio bonito y modesto, juzga Price, como casi todo en esa ciudad enana.

Detrás del cementerio ya no hay nada. Sólo el camino que traza una lengua amarilla en medio de potreros donde pastan muchas ovejas y algunas vacas. Hace un día lindo de mucho sol, pocas nubes y un viento fresco que peina y despeina el pasto. El paseo es agradable. Price se ha quitado la chaqueta hace un buen rato. Ahora se desabotona la camisa para que le refresque el pecho y se arremanga. Entonces oye un sonido de flautas y tambores a lo lejos, un sonido que se aproxima.

Tardan un poco en aparecer por el camino, pero al final se cruzan con el pintor los músicos de una chirimía navideña, guiados por su mandatorio señor disfrazado de diablo, con la imponente máscara de papel maché, muy narizona y de largos cuernos, además de la bolsita en la que Satanás va pidiendo dinero a los transeúntes, siempre con un látigo preparado para castigar a quien no le regale aunque sea una moneda. Los músicos van muy borrachos, tocan como autómatas averiados, casi tambaleándose por el camino, pero igual la música suena muy bien afinada y el ritmo alegre, un poco marcial, se siente ajustado al compás. Otra vez el seis por ocho, piensa Price, mientras deposita unas monedas en la bolsa y los felicita. Satanás hace una reverencia y habla desde detrás de su gran máscara. El pintor sólo alcanza a oír: gracias, milor, muchas gracias. Qué sumiso puede ser el diablo a veces, piensa Price. La música se va apagando lentamente a sus espaldas y el viento deshilacha las melodías para alegrar, aún más si cabe, el paseo bajo el sol.

Un poco más adelante el camino se convierte en un sendero que se adentra poco a poco en un frondoso bosque de robles. Entre las ramas saltan algunas ardillas y en el lecho cubierto de hojarasca y bellotas podridas o a medio germinar crecen muchos hongos de gran tamaño. ¿Qué son los hongos, a fin de cuentas?, piensa Price. ¿Son plantas? ¿Son animales? ¿O algo a medio camino? Hay hongos rojos, amarillos, otros muy azules y babosos, esos que parecen zorros y aquellos que simulan ser orejas, unos que explotan al menor contacto, otros tan pequeñitos que casi no se ven, pero todos tienen distinta forma, tamaño y color. Hay tanta variedad que uno podría creer que cada noche se reúnen a conspirar entre ellos para inventar un hongo nuevo. Sólo por el gusto de inventarlo, nada más. El pintor oye ahora unas risas femeninas y, transportado como está en ese mundo fantástico de las setas, siente algo de miedo porque piensa que son los hongos los que se están riendo de él. También siente curiosidad. Y otra vez miedo. ¿De dónde vienen esas risas?

Una cabeza se asoma desde detrás de un tronco. Una cabeza de mujer y muy bella, por cierto. Pero ¿es sólo una cabeza o hay algo más? Para estupefacción de Price, de la boca surgen unas palabras: ¿quién sos y qué hacés por aquí? El pintor tartamudea, no sabe qué responder. No mirés para acá, lo interrumpe la cabeza, nos estamos bañando y no nos gustan los sapos y los fisgones. Mirá para otro lado. Price obedece, baja la cabeza y encuentra por fin lo que quería decir: sólo estoy buscando la pulpería de misiá Humberta. Misiá Humberta es mi tía, contesta otra cabeza que sale de detrás del árbol vecino y Price no puede evitar mirarla a los ojos. Rivaliza en belleza con la otra, pese a que frunce el ceño. Haceme el favor y no seás atrevido, lo reprende esa segunda cabeza, te digo que mirés para otra parte, faltaría más, y él, más sumiso que el diablo de la chirimía, aparta la vista. Entonces habla la primera cabeza: seguí por el caminito, no te desviés y apenas salgás del robledal, pasando el puente, verás la casa. Además está el globo del señor Flores ahí plantado, así que no tiene pierde. ¡Y dejá de mirar para acá, hombre, este señor tan confianzudo! Se oyen otra vez las risas pícaras y ese sonido como de chiribitas de hielo que brillan con el sol hace inteligible el rumor suave de la corriente del riachuelo. Price se aleja dudoso, con ganas de quedarse, con ganas de insistir un poco en hacerles compañía. Igual sigue caminando y unos pasos más adelante, ya no se aguanta y se da la vuelta: apenas consigue ver una pantorrilla, un pecho, una cabellera mojada, luego siente vergüenza de mirar sin permiso y aprieta el paso como quien huye de un encantamiento. Al llegar a la orilla del riachuelo y antes de cruzar por encima del puente colgante hecho de ramas trenzadas y barbacoas vivas, el pintor se agacha para saciar su sed en la corriente. Si no puedo verlas, al menos puedo beberlas, dice.

Ahora que ha aparecido por fin la casa de misiá Humberta, el pintor entiende a qué se referían las ninfas del bosque cuando le hablaron del «globo del señor Flores». En efecto, a un costado de la enorme vivienda de tres plantas, detrás de unos galpones con techo de paja donde se oye el martilleo típico de una herrería, se levanta uno de aquellos inverosímiles armatostes voladores que Price sólo ha visto hasta ahora en grabados e ilustraciones de periódicos y que se han puesto muy de moda últimamente porque, dicen, son el futuro de los transportes y el comienzo de otra rama de la imparable técnica humana: la aeronáutica. Un *montgolfier*, como les suelen llamar en ciertas publicaciones. Un globo aerostático. Y a su lado un hombre, muy concentrado en sus labores pero con aire sereno, se ocupa de llenarlo de aire caliente para que acabe de inflarse. A Price le gana la curiosidad y se acerca a saludar. Sin dejar de operar sus válvulas y sus manijas con las que regula la salida del gas de petróleo, el aeronauta le estrecha la mano: José María Flores, dice, mucho gusto. Y usted es… Price, contesta, Enrique Price, trabajo con la Comisión Corográfica. Ah, sí, sí, la Comisión, comenta el otro, más preocupado por no quitarle el ojo a los dudosos medidores con los que trata de controlar el suministro: unos simples tubos de cristal con líneas pintadas y una bolita de goma que sube y baja dentro del cilindro. La máquina que pone todo en movimiento parece un alambique a punto de reventarse por la presión.

El aeronauta se pone su casco de madera, se envuelve el cuello con una bufanda de lana virgen y salta al interior de la canasta del globo. Bueno, caballero, fue un placer. Breve pero sincero, dice Flores con un acento que a Price le suena a extranjero. Definitivamente no es de Popayán. ¿Será ecuatoriano? ¿Chileno? ¿Y ese olor que salía de su boca era alcohol? ¿Está borracho? El aeronauta le pide ayuda para soltar las cuerdas y el pintor se emociona como un niño cuando ve que el globo va elevándose con cada nudo que desata.

¡Adiós, amigo!, grita Flores desde su canasta. El globo toma altura poco a poco, luego se ve al aeronauta luchar contra el viento con ayuda de unas manijas. Cuando logra dominar la situación, el globo vuela hacia el norte. Price ya no sabe qué es un invento y qué está ocurriendo de verdad. Toda la escena es inverosímil, como sacada de un libro para divertir a los niños. Por si acaso se trata de un sueño o de una alucinación, el pintor se queda contemplando el globo, pendiente de la consistencia de su materia, de su color de sábana sucia, hasta que lo ve desaparecer detrás de unas colinas.

Es la primera vez en su vida que ve a un hombre volar.

Pero ¿fue real o fue una alucinación? ¿Es, como el clima o el cadáver de don Quijote, otra alegoría?

Todavía incrédulo, se acerca a la puerta de uno de los galpones, de donde sale el repiqueteo de la herrería. El súbito calor de las llamaradas de la fragua lo hace retroceder un paso. Tres caras tiznadas de hollín voltean a mirar. Busco a don Rufino, dice Price. Más adentro, contesta uno de los herreros señalando un pasillo antes de volver a sus martillos. De unos ganchos suspendidos de las vigas del techo cuelgan decenas de las forjas que se hacen en el taller, la mayoría ornamentos sin ninguna utilidad pero todos muy bonitos y bien hechos, con pliegues que imitan hojas, flores. El pasillo conduce al galpón contiguo, ocupado por los ebanistas. El suelo está cubierto de aserrín y huele a maderas finas. Price se topa con unas sillas que se basan en soportes ligeros pero muy bien torneados, con espaldares de cuero suspendido. Son diseños sencillos, basados en los muebles que fabrican los campesinos haciendo rendir al máximo los materiales, nada que ver con los camastrones, roperos voluminosos y los tronos señoriales que se mandan fabricar los ricos de todo el país para sus casas. Aquí todo es sutil, leve, nada ostentoso, y dan ganas de pasar la mano por los reposabrazos y comprobar que la textura no es sólo un efecto óptico. También hay mesas hechas con el mismo criterio de levedad. El secreto, según comprueba Price, está en las pequeñas escuadras de hierro que se aplican por debajo del armazón, así la mesa sigue pareciendo algo casi etéreo sin perder estabilidad. En un rincón, acumulando polvo y aserrín, hay una cajonera que logra conmover al artista, pues todas las tablas están pintadas con la luminosa técnica del temple al huevo y en el inimitable estilo de Pandiguando. Las partes frontales de los cajones incluyen paisajes caucanos, la traición de Judas, una guillotina donde le están cortando la cabeza a unos empelucados aristócratas, una barricada en llamas, una maestra enseñando el alfabeto a unos niños y un globo aerostático posado sobre la luna (la técnica de la témpera con yema de huevo dota a la superficie lunar de un fulgor único).

En un patio adyacente funciona una pequeña fábrica de baldosas, pero hoy no hay nadie trabajando allí. Sólo se ven los montículos muy bien ordenados de cerámicas ya terminadas y el olor a barro cocido perdura en el ambiente. Price le echa un vistazo a los patrones, todos de inspiración árabe, con geometrías entrecruzadas y bordes que hacen pensar en un dibujo más grande que se formaría sobre el suelo una vez que se instalen todas las baldosas.

Por una puerta muy pequeña, ubicada al otro lado del horno, se accede a la casa principal. Más precisamente, a un salón donde se encuentra la pequeña imprenta. La mujer de espaldas muy anchas que compone las cajas con los tipos está tan concentrada en su trabajo que Price se ve obligado a aclarar la garganta. Ella tarda un rato en percatarse de que no está sola y otro poco más en darse la vuelta porque quiere terminar con una letra. Finalmente la mujer lo mira y arquea las cejas. ¿Don Rufino?, pregunta Price. Más adentro, responde ella. Siga la algarabía de los borrachos y allí lo va a encontrar.

Sentados a una gran mesa al lado de la cocina hay cinco hombres y dos mujeres que charlotean a los gritos. A Price le resulta obvio que están acostumbrados a recibir la visita de extraños o curiosos que llegan sin invitación, pues ninguno deja de hablar cuando el inglés aparece en el umbral de la puerta. Sencillamente le ofrecen una silla para que se siente y siguen con su conversa mientras se rellenan los vasos. Sobre la mesa ya hay seis tinajas vacías. Price trata de agarrar el hilo: uno de los hombres, vestido a la europea y con aires de sabio, discute con una de las mujeres, a las claras una ñapanga típica, con su falda de colores y su camisa blanca de bordados bien ceñida a la cintura. Un tercer hombre, muy discreto y de talla pequeña, que sin duda es don Rufino, mete la cuchara de vez en cuando para controvertir o precisar con algún comentario. Los demás escuchan y se ríen a carcajadas o zapatean cada vez que algo les agrada o los hace rabiar. La ñapanga sostiene que los bienes naturales que dios creó en la tierra son finitos y que inevitablemente se terminarán en algún momento. Cuando el hombre alcance su máximo progreso, dice ella, se acabará también su sustento y moriremos de hambre. Ya no habrá nada y entonces vendrá el reinado del siguiente animal racional. El otro le discute que eso es imposible, pues dios no puede haber creado un mundo tan imperfecto, que en la naturaleza todo tiende a renovarse y él, como hombre de ciencia, ha podido recoger numerosas pruebas de ello. Don Rufino opta por la vía de en medio y dice que es posible que haya cosas que son finitas y otras que infinitas. No, no, le responde el señor profesoril, todo se renueva, aunque tarde miles de años, y pasa a recitar las tales pruebas que ha recolectado en su larga experiencia de científico. Pero, doctor Simmonds, lo interrumpe don Rufino, permítame hacerle una pregunta: hace poco usted mismo me contaba de algunas clases de orquídeas que han desaparecido con la tala de los bosques de Palacé… Sí, sí, ya sé lo que me va a decir, que hay muchas criaturas animales o vegetales que se han extinguido hace mucho tiempo, como esos caracoles gigantes y esas enormes cucarachas marinas que aparecen petrificadas en el lecho de algunos ríos, pero que ya no se ven por ninguna parte, ¿no es así? Eso mismo, dice Rufino. Es lo que intento decirles, lo ataja el profesor, estoy convencido de que esos animales o esas plantas no han desaparecido, sólo están dormidos, en estado de latencia, en el interior de los animales y las plantas que existen actualmente y sólo esperan a que las condiciones vuelvan a cambiar en el medio para resurgir de nuevo. Son ciclos. Como las estaciones del año o los eclipses. Todo da vueltas, todo vuelve, se va y vuelve, se va y vuelve. Pero, por lo que veo, doña Clema no está de acuerdo. Doña Clema es la ñapanga que le lleva la contraria al sabio con un atrevimiento que deja sorprendido a Price y, en efecto, la mujer vuelve al ataque. Si las cosas que dios le dio al hombre fueran infinitas, el hombre no habría inventado la manera de someter y esclavizar a otros hombres. Es la finitud de todo lo que nos da sustento lo que explica tanto sufrimiento. Lo demás son cosmologías, sentencia doña Clema, como los mitos que cuentan los indios. Se oyen zapateos, burlas, tintineo de vasos que brindan. Al parecer, doña Clema va ganando la discusión. Si no estuviera tan borracho, dice Simmonds, si no estuviera en este estado, ya los habría convencido a todos, ¡manga de atrevidos! Retumban las carcajadas. Y como a continuación se forma un pequeño silencio, don Rufino se interesa por el nuevo integrante de la mesa. Price sonríe, tímido y con mucha dificultad logra presentarse, explicar quién es y qué hace allí.

¡Ahh!, dice Simmonds, ¡La Comisión! ¡El acuarelista! Su amigo Triana me habló de usted y fue muy elogioso. Price sigue con la sensación de haber caído al interior de un sueño muy dulce y responde casi tartamudeando. Parece que los tienen de un lado para el otro, ¿no?, dice Rufino, de aquí para allá como si fueran una embajada extranjera. Price se siente en confianza y aprovecha para quejarse. Ya no sé cómo evitar tanto compromiso, dice. Para no ir más lejos, ayer me obligaron a asistir a una tertulia en la casa de este señor Ifigenio Albán. Al oír ese nombre toda la mesa estalla en una burla y Simmonds se apresura a compadecer al pobre acuarelista por haber tenido que reunirse con esa morralla de las letras hispanoamericanas. Y encima son todos más feos que unas momias, dice doña Clema. Price se ríe a carcajadas. No recuerda haberse divertido tanto en mucho tiempo. Y, como de pronto está muy suelto y le acaban de servir su segundo trago de viche, el acuarelista empieza a recordar detalles grotescos de la tertulia y, por supuesto, menciona lo del Quijote enterrado en Popayán. ¿Se pueden creer? ¡El Quijote! ¡Papanatas! ¡Son unos papanatas! Rufino resopla con desdén: andan con ese cuento hace años, dice, no sé quién se lo inventó. Siempre queriendo congraciarse con los españoles, fabulando abolengos para sentirse menos abandonados a su suerte... si por ellos fuera que volviera Pablo Morillo de la tumba a reconquistarnos por enésima vez... por eso pleitean y malmeten con la educación de los curas, que es lo único que los mantiene chupando de esa teta seca... Simmonds, que nunca había oído hablar de ese invento del Quijote enterrado en Popayán, se ha quedado pensativo, a punto de regar el licor al suelo porque tiene el vaso mal agarrado con una mano blandengue. Pero es interesante, dice antes de beber otro sorbo. Todos voltean a verlo con aire risueño, a sabiendas de que el profesor está a punto de decir una de sus astracanadas. Es interesante eso de que para estos momios el Quijote esté enterrado aquí, porque eso querría decir que Sancho Panza anda suelto, vagando por toda la Nueva Granada.

De nuevo, las carcajadas, los zapateos, los chinchines de los brindis.

O sea, estos cernícalos entierran al Quijote, vaya a saber si no lo mataron ellos mismos, ¡mucho cuidado! ¡Lo matan y lo entierran! ¿Y qué sucede entonces? Que Sancho Panza ya no tiene quien le haga contrapeso y ahora va por todo el país impartiendo sus doctrinas choriceras como si fueran la gran ciencia infusa.

Tiene toda la razón, dice Rufino, con la nariz colorada de la altísima borrachera. Quizá ahí está todo el problema. No vivimos en el país donde enterraron al Quijote, sino en el país donde Sancho Panza es el rey y todos lo tratan como la máxima eminencia. Un sabio de sabios.

El rey de la sindéresis, dice Price, dejando escapar un chiste muy privado, pero igual todos se ríen, aunque no entiendan bien a qué se refiere.

En ese momento entra doña Humberta, la dueña de casa y anuncia que tiene la pulpería llena de clientes y no va a poder atender más la mesa. Que se encargue otro, avisa.

Rufino se levanta de su silla y tira de una cuerda en el suelo para abrir una especie de escotilla de madera disimulada entre las baldosas marrones. Ya vuelvo, dice, y se lo oye bajar unas escaleras. Al rato vuelve con otras cuatro tinajas de viche, un atado de embutidos colgado del hombro y una chuspa de tela llena de molletes. Luego rebana las morcillas y las pone a calentar sobre un tiesto de hierro en el fogón. Ya es mediodía, dice, y no es bueno beber con el estómago vacío. Entonces Price recuerda con indignación lo que le dijo Huamán acerca de Rufino. ¡Indio calumniador y mala leche!, piensa, furioso. Simmonds lo saca de esos malos pensamientos y le pregunta por su trabajo con los daguerrotipos, cosa que parece interesar mucho a todos los comensales, que pelan los ojos mientras mastican la morcilla coronada con ají de piña. Para mí, que soy un hombre de ciencia, aquello es como magia, dice Simmonds, a lo que Price responde que no es para tanto. Pura química, nada más, y es una técnica relativamente sencilla para obtener imágenes muy fieles, dice. Rufino no es arrogante, sólo que habla sin rodeos y eso Price lo comprueba al instante cuando el artesano le pide que les enseñe a hacer los tales daguerrotipos. ¿Qué se necesita? ¿Dónde podemos conseguir los utensilios, las máquinas, los químicos? ¿Podemos fabricarlos nosotros aquí? Price hace una somera explicación de la técnica y confirma que sí, que trayendo algunos de afuera, podrían montar un estudio allí mismo sin ningún problema. Además, añade Price, en este lugar uno tiene la impresión de que cualquier cosa es posible, de que ustedes pueden hacer lo que quieran si se lo proponen. Hasta llevar a un hombre a la luna. Rufino agradece el cumplido y, rellenándole el vaso, le dice: necesitamos gente como usted. ¿No le gustaría vivir una temporada aquí? Podría instalarse muy cómodamente en la casa, con su propia pieza, al menos mientras nos enseña a hacer los daguerrotipos. Price no sabe qué decir. Abre la boca pero no le salen las palabras. Por supuesto que se muere de ganas de dejarlo todo tirado, incluida a su mujer y a su insoportable suegro, que le vive dando la lata con los libros de contabilidad. Por supuesto que le fascinaría vivir allí y volverse parte de todo eso; podría aprender los oficios, inventar, diseñar, pintar, componer música y, quién sabe, hasta aprender a volar en globo. Le prometo que voy a pensarlo, responde al fin. Además, don Rufino, yo tengo alma de guache, no de cachaco, remata el acuarelista para que todos se partan de risa.

Unas horas después siguen ahí parloteando y bebiendo y Price desearía que no se acabe ese día, que dure para toda la vida. Nunca en sus treinta y tres años en este planeta se ha sentido tan arropado por un grupo de gente. Hace ya un buen rato que misiá Humberta ha echado a todos los clientes de la pulpería y se ha unido a la mesa. Su sola presencia parece organizar el espacio y las relaciones, y Price comprende que ella es el verdadero eje de los talleres de Pandiguando. Es ella la que hace posible toda esta microutopía gracias a los jugosos dividendos que dejan la producción, la venta y la distribución del viche clandestino; es ella quien administra el dinero y quien decide cómo se distribuyen las tareas, tanto en la casa como en la fábrica. Es misiá Humberta quien se encarga de la educación comunal de los niños. Don Rufino vendría a ser, además de uno de sus dos concubinos, el socio creativo de una empresa cooperativa que, como ella misma explica, quieren replicar por todo el país. Ya Rufino anduvo organizando a la gente en Cúcuta, Quibdó, Cali, Panamá... si logramos reunir la plata, en dos años tendremos montadas fábricas en todos esos lugares, pero para eso tenemos también que ganar las elecciones y obligar al Gobierno a frenar la importación... Nuestro hombre es Obando y me parece a mí que el triunfo es inevitable. Se vienen unos años muy buenos, dice ella dejando ver por primera vez un hilo de candor detrás del rostro ejecutivo.

La conversación cambia de un tema a otro. Por momentos Price se distrae, en particular cuando hablan de política. Muchos nombres no le dicen nada y los enredos y los dimes y diretes son tan intrincados que cualquiera pierde el interés y hasta la paciencia.

La cosa repunta cuando el aeronauta Flores entra a la cocina como una tromba y, sin pedir permiso, agarra el primer vaso lleno que encuentra para bebérselo de un solo trago. No lo sentimos llegar, dice Rufino, ni siquiera ladraron los perros. Sí, sí ladraron, contesta Flores limpiándose la boca con la manga de la camisa, sólo que ustedes están armando tal gritería acá adentro que no se dieron cuenta. De hecho, yo venía oyendo sus carcajadas desde el aire. A pesar de que ya no tiene puesto su casco y habla y se mueve como un ser humano de carne y hueso, Price lo mira como si fuera un ser mitológico. Flores resulta ser un aventurero de Buenos Aires que lleva casi diez años instalado en Popayán, donde, bajo el mecenazgo de las ñapangas, viene perfeccionando sus globos y ensayando con toda clase de combustibles y armatostes. En 1843, con la ayuda de un cura del seminario mayor que, por desgracia, ya ha muerto, Flores realizó el primer viaje tripulado en globo registrado en la república, un acontecimiento que le valió una fama muy poco duradera. Naturalmente, el rioplatense está comprometido con la causa de los artesanos y cada tantos días sobrevuela Popayán y los pueblos de los alrededores arrojando octavillas y panfletos desde el aire. Faltan sólo dos meses para las elecciones, dice Flores, más nos vale no dormirnos.

Price no puede seguir conversando con el aeronauta porque doña Clema y el profesor Simmonds se han vuelto a engarzar en una discusión y ambos pegan gritos y puñetazos bufos sobre la mesa. Venezuela y la Nueva Granada son lo mismo, dice doña Clema. No debimos separarnos nunca. ¡Pamplinas!, grita Simmonds, ¡puras pamplinas! Yo conozco Venezuela, he vivido allí, sé de lo que hablo. Doña Clema, obviamente, insiste en llevarle la contraria ¡Somos iguales, somos el mismo país! Otra vez se arman los bandos, se toma partido y se lanzan pedorretas y chiflidos con cada argumento.

Mire, dice Simmonds, déjeme que le explique la diferencia fundamental. Es una diferencia profunda. Durante los años que viví en Caracas notaba que todos los venezolanos decían ser muy progresistas y republicanos, pero casi ninguno lo es. Su ideal de gobierno, por mucho que quieran disimularlo, su máxima aspiración, es un tirano benévolo. Un padre munificente, ordenado, pulcro, severísimo pero siempre capaz de garantizar una libertad ilimitada, alguien que haga posible la realización de las aspiraciones individuales, la felicidad de cada persona y que castigue duramente a quien trate de impedir esa felicidad. Tal la utopía caraqueña. Ustedes, los colombianos, en cambio, no quieren ese padre porque temen la tiranía y el maltrato y en el fondo desconfían de la humanidad. Su ideal de gobierno es una máquina, un autómata neutral ideado por un dios perfecto, una inteligencia no humana, sin las debilidades y falencias de las personas reales, un aparato de precisión matemática que les permita dirimir cualquier asunto de la vida pública. Ustedes quieren un ángel de metal con los ojos vaciados, una esfinge mecánica a la que poder consultar como quien va al oráculo. Quieren un país automático, que se maneje solo, sin la sucia intervención de los políticos. Y por eso mismo caen en la anarquía y en la guerra civil cada dos semanas.

Esta vez misiá Clema se queda callada. No tiene nada con qué rebatir a su enemigo. Punto para el señor Simmonds, cuyo bando se atribuye la victoria con gritos de hilaridad y estridentes chiflidos.

Al atardecer, Price emprende el camino de regreso, borracho y feliz.

Para cuando sale del robledal y enfila hacia el potrero ya se ha hecho de noche. Dos tipos surgen de la oscuridad y lo amenazan con sendos cuchillos. A Price no podría importarle menos. Está tan dichoso, tan seguro de haber encontrado su lugar en el mundo, que les entrega todo el dinero que lleva encima y hasta se pone a bailar delante de ellos, haciendo chocar los tacones en el aire. Los ladrones no saben qué hacer, dudan si deberían acuchillarlo, pero al final salen corriendo con el botín, desconcertados con la conducta de su víctima.

Va tan borracho que se sale del camino cada dos por tres y, como la noche está muy oscura y nublada, acaba perdiéndose en los potreros, rodeado del ganado arisco que se despierta aterrado y huye de él como de los tigres. Tarda un rato largo en volver a la ruta, hasta que divisa por fin las rejas del cementerio.

Las calles de la ciudad están, como de costumbre a esas horas, muy vacías. Tanta soledad aviva quién sabe qué temores atávicos en el pintor, que ahora tiene los pelos de punta y no da tres pasos seguidos sin volverse a mirar para atrás, pendiente de que surja algún espanto de uno de esos oscuros zaguanes. A Price no le dan miedo los vivos, sino los muertos. O mejor, los muertos-vivos. Cada vez que oye los cascos de un caballo o el sonido inconfundible de un carruaje, Price se desvía irracionalmente y trata de evitarlo.

El regreso a casa por esos callejones desolados se vuelve casi una pesadilla y el corazón se le llena de malos presagios.

Cuando arriba por fin a la casa de Mosquera, Huamán lo está esperando con una noticia que lo deja paralizado por unos segundos. Triana ha emprendido viaje de regreso a Bogotá con mucha urgencia.

Al entrar a su pieza encuentra el sobre que su amigo, el botánico, ha deslizado por debajo de la puerta antes de partir. Es una nota fría y lacónica en la que Triana explica que sus maestros de la escuela de Medicina le han pedido que se presente a los exámenes antes de fin de año. Nos veremos en Bogotá, querido amigo. Ha sido un auténtico placer.

Price siente que se le forma un amasijo indigesto de odio y amor en el vientre y estruja la nota como lo haría la heroína de una novela romántica. Por supuesto, el pintor es consciente de su gesto exagerado, dramático, y piensa que, con mayor razón, es hora de cambiar de vida. Ha llegado el momento de alejarse de Bogotá y sus frivolidades y su falta de humanidad. Ciudad de misántropos. Estoy resuelto a dejar a Elisa, a renunciar a la vida cómoda que ese matrimonio me ofrece. Estoy resuelto a unirme a los talleres de Pandiguando. Esta nota es una señal. Yo no soy un cachaco. Nunca lo fui.

Esa noche sueña que Rufino le pinta una máscara encima del rostro. Usaré la técnica del temple al huevo para que se vea más luminosa, dice Rufino, así das más miedo. Price se mira al espejo: la máscara ha conseguido disimular todos sus rasgos blancos y ahora parece un indio. No se quite la máscara, le advierte Rufino.

En la mañana Price no recuerda nada del sueño.

Desayuna en silencio junto a Codazzi. Sólo hablan cuando el italiano anuncia que no asistirá a la invitación de la señora Hormaza de Villarroel. No sabía que lo habían invitado a usted también, dice Price. Ayer incluso enviaron a un criado con las tarjetas de invitación, explica Codazzi. Olvidé entregarle la suya, discúlpeme.

Antes del mediodía llega un pequeño carruaje tirado por dos caballos con la misión de transportar a Price hasta la hacienda de la señora Julia Hormaza de Villarroel.

El pintor se sorprende al ver que dentro del carruaje está el poeta Ifigenio Albán, que lo saluda muy efusivamente y se acomoda sus churumbelos mantecosos para taparse la calva.

El poeta Albán no para de hablar en todo el camino y, cobijado por la intimidad que propician esos vehículos, mueve quizá demasiado las manos cuando trata de hacer un énfasis o cada vez que escupe un chascarrillo irónico. Price, muy bien entrenado por su primo Percy en los burdeles de mujeres barbudas y otras rarezas, entiende que Ifigenio Albán es un bujarrón desvergonzado. Una sarasa en flor. Nada irrita tanto a Price como esos sodomitas que no se molestan en ocultar su condición y parecen querer restregarnos a todos los demás sus malas parodias de la gestualidad femenina.

Con todo, Ifigenio se revela pronto como una extraordinaria máquina de cotilleos y al final es imposible resistirse a su graciosa habilidad narrativa. El viaje hasta la hacienda se le hace corto a Price, que de pronto se descubre embelesado con los sabrosos chismes de su acompañante. Doña Julia, cuenta Ifigenio, afectando hasta la pronunciación del nombre, ¡Ja! ¡Esa doña Julia! Hizo voto de silencio, por eso es por lo que usted la ve tan callada. Desde que se murió su marido en la Guerra de los Supremos, hará más de diez años, no abre la boca sino para comer y para soltar esas carcajadas suyas tan ruidosas. Pero ahí donde la ve, tan discreta y taimada, es una verdadera genia de los negocios. Una mente privilegiada, diría yo. Usted sabe que aquí todos somos conservadores, no hace falta ni decirlo, y que nos oponemos a la abolición. Pues mire usted que ella, tan defensora de las virtudes de la esclavitud, tan celosa de la memoria de su marido, el héroe de la guerra contra Obando, con su hijito, que le hace tan bellos poemas a nuestro augusto país, fue ella la que se adaptó más rápido a la nueva situación. Sólo que, en lugar de hacer un terrible sainete, como el que hizo su primo, don Julio Arboleda, llevándose a todos esos negros hasta Quito en aquella caravana grotesca, doña Julia fue más astuta y lo que hizo fue sacarlos a escondidas, muy discretamente y por una ruta diferente, o sea, por el río Atrato, derecho hasta el Atlántico. Dicen que en cuatro tandas vendió a casi todos sus negros y les sacó muy buena rentabilidad, en particular a los que vendió en La Habana, aunque en términos de cantidad parece que la mayor parte fue fletada a Panamá, ya sabe, para las obras del tren. Vamos a ver, es que los negros de los Villarroel no eran cualquier cosa. Todos esclavos de mina, sí, lo que usted quiera, pero en esa familia siempre se distinguieron por lo bien que los trataban. Los tenían muy bien alimentados y cuidados, que eran de verdad una joya esos negros, sanos, piel de ébano pulida, finísimos dientes como de marfil, de fuerza hercúlea, y algunos hasta muy bonitos, si no es indiscreción. Ah, pero eso no fue lo mejor de todo, no. ¿Sabe qué fue lo mejor de todo? Que con el dinero que sacó doña Julia con esa venta, y ahí sí por recomendación de su otro primo, don Tomás Cipriano, como le digo, con el realero que obtuvo en La Habana, invirtió en las acciones que la Compañía del Ferrocarril de Panamá tiene en la bolsa de Nueva York. ¡Lo que le digo! ¡Una genia! ¡Una visionaria! Y todo lo hace así, calladita, por debajo de la mesa. No sabe cuánto admiro a doña Julia... Es que, a ver, no nos digamos mentiras: ¿qué nos pasó a casi todos los demás? ¿Ah? Dígame usted, ¿qué nos pasó? Nos pasó lo de siempre, don Enrique, lo de siempre: que nos quedamos llorando sobre la leche derramada y no nos dimos cuenta de que los tiempos habían cambiado en un santiamén. La abolición no se podía detener, por mucho que nos empeñáramos, sólo que aquí, tan acostumbrados a la quietud comarcal, no nos dimos cuenta. Y es que, encima, si uno lo piensa bien, no es racional, no es rentable mantener a toda esa negramenta en las minas, en las haciendas, eso cuesta mucho dinero. Tendríamos que haber vendido cuando todavía se podía, antes de que toda esa montonera se escapara o se rebelara. Por eso estamos metidos en este zafarrancho de hoy. Ah, porque, déjeme decirle, no se fíe de las apariencias: aquí lo que se formó es un carnaval perpetuo, sí, como lo oye, no me ponga esa cara, esto es el mundo al revés. Ahora por los caminos uno ve a todos esos negros vagabundos, armados con machetes, con perreros y dicen que hasta cuadrillas de forajidos a caballo se han ido juntando por los lados de Caloto. ¡Esto es Haití, don Enrique, Haití! Dios no lo quiera, dice Ifigenio santiguándose con una cruz que a Price se le antoja muy mariposona. No me extraña que doña Julia esté planeando mudarse a Santa Marta o a Lima… es un prodigio, esa mujer. Yo me iría mañana mismo a Lima si pudiera…

En la hacienda de los Villarroel hay una pequeña multitud de notables popayanejos. Aparte de los poetas de la tertulia, Price ve por los jardines a varios señorones que van caminando del brazo junto a sus damas, no menos emperifolladas bajo la coqueta sombrilla que hace juego con el vestido. La viñeta señorial se completa con el ejército de criados que hacen posible el teatro, perfectamente invisibles, siempre diligentes al momento de ofrecer rebanadas de piña y mango, rellenar los vasos, recoger, limpiar, cambiar manteles, acomodar sillas y floreros, atender peticiones y susurrar. Hoy también hace calor, pero a Price ya no le sorprende que los señores tengan todos la chaqueta puesta. En los pasillos hay pequeños grupos de fumadores de tabaco que charlan de manera muy distendida. A primera vista, actúan como si nada hubiera cambiado, como si nada fuera a cambiar jamás, con el mundo dispuesto para su soberano disfrute. Y, no obstante, al acuarelista le bastan unos pocos minutos para sentir la desazón, la monotonía y la falta de convicción con la que todos cumplen su papel en ese cuadro de costumbres de una alta sociedad moribunda. Viven en un espejismo y lo saben, piensa Price. Quizá esperan un milagro. Por ejemplo, que la flecha del tiempo empiece a correr en la dirección contraria por obra de algún cataclismo inesperado. O algo más modesto, como que se les aparezca un genio sacado de una botella y les conceda tres deseos.

Price no se siente cómodo en ninguno de los corrillos, va de uno al otro sin participar en las charlas, contesta con vaguedades a las preguntas que le hacen y, desde donde quiera que esté, otea el jardín en busca de la viuda de Villarroel, que se pasea a cierta distancia y de vez en cuando le sonríe clavándole los ojos. Cuando ella lo mira así, Price siente un cosquilleo eléctrico en el bajo vientre. Es lo único medianamente interesante que ocurre en ese almuerzo campestre: el juego de escondite entre los dos, la viuda que se pierde en los jardines o en el interior de la casa para reaparecer como a destiempo, siempre por sorpresa, lista para lanzarle una mirada de acecho al acuarelista.

Es una mujer innegablemente atractiva, con su cuello tan largo y esa manera de caminar, grácil y veloz, los zapatos invisibles bajo el ruedo de la amplia falda, casi como flotando a dos palmos del aire. Una belleza sutil que va multiplicando su encanto en cada reaparición. Un hada oscura, piensa Price.

Llega la hora triunfal del almuerzo y el momento más esperado por todos. Armados con palas, dos criados remueven la fina capa de tierra que cubre una lámina de metal que, al ser retirada a su turno, deja escapar una nube de humo hirviente. Se oscurece la escena durante unos segundos. No bien se disipa el fragante vapor, ya se oyen las primeras exclamaciones de asombro y los elogios zalameros. Price se demora un poco en entender qué es lo que hay allí abajo: un cubículo de ladrillos que funciona como un gran horno subterráneo y, adentro, un enorme buey que debe de llevar como mínimo cuatro días asándose a fuego lento en ese infierno. El aire huele a romero, a canela, comino y cilantro cimarrón. Se requiere el concurso de seis hombres para sacar al buey de su sarcófago ardiente. Pero eso no es todo. Hay más, mucho más, pues aparece en escena el homenajeado, nada menos que el joven Pedro de Villarroel, para hacer los honores y recibir la felicitación de los presentes, que le recitan versos y coplillas jocosas. Curiosamente, Pedro no está vestido como los demás, sino que lleva algo parecido a un atuendo de caza, con las botas de cuero hasta las rodillas y unos estridentes pantalones hechos de terciopelo azul y remates de piel de jaguar en la parte frontal de los muslos, la camisa de fino algodón que le queda un poco grande y un sombrero de fieltro con una pluma de halcón. Pedro recibe las felicitaciones haciendo cortas venias a un lado y otro de la concurrencia y se dispone a cumplir con el protocolo. Ha llegado el momento de abrir el buey. Con ayuda de un cuchillo muy afilado, el muchacho va cortando las gruesas suturas que unen las dos mitades del animal. Los seis criados asisten al joven con las manos enfundadas en guantes de cuero. La operación es brutal y delicada a la vez. Requiere maña para que no se pierda el efecto dramático de la apertura del cadáver. Lo que surge de ahí adentro deja a Price con la boca abierta, pues entiende por fin que el buey no estuvo nunca solo en el sarcófago. En el interior del portentoso animal dividido en dos había toda una sucesión de animales metidos unos dentro de otros: una ternera y adentro un becerro. Y adentro un cerdo, un pavo, una gallina y, por último, en el núcleo de todo, un huevo que el joven Pedro agarra con su mano enguantada. Madre, por favor, dice, y entonces la viuda entra al escenario. Se oyen algunos aplausos dispersos. Doña Julia inclina la cabeza en señal de gratitud. Para entonces el huevo ya se ha enfriado lo suficiente para que la viuda pueda agarrarlo con su mano y quitarle la cáscara. Por supuesto, el afortunado ganador del premio no es otro que el acuarelista, que ve aterrado a doña Julia acercarse muy decidida para entregarle el huevo cocido. Hay una mezcla de murmullos y aplausos fríos envolviendo a un Price desconcertado, que no puede hacer otra más que dar las gracias y comerse el huevo. Ésa es la señal que todos aguardaban para pasar a la mesa.

En la tarde hay música de baile. Las parejas más expertas se le miden a las cuadrillas, formando la divertida coreografía donde se van entrecruzando todos con todas. Las contradanzas son, sin embargo, lo que más se baila. Los músicos repiten varias veces algunas de las piezas a petición de los bailarines. Esos bises son lo único anómalo porque, de resto, nadie se sale del libreto en ningún momento. No hay un solo gesto espontáneo, un arranque de pasos improvisados, una expresión de creatividad individual. Todo ha de seguir la coreografía, el orden preestablecido. Price baila en una de esas repeticiones con la hija adolescente del hacendado Garcés y tiene la desagradable sensación de que todos están pendientes, demasiado pendientes, de sus movimientos.

Al otro lado del salón, sentada en una especie de trono de madera con un espaldar enorme, está la viuda de Villarroel, que no le quita los ojos de encima. El acuarelista siente la electricidad en el bajo vientre y un sudor nervioso le cubre las palmas de las manos. Por suerte su compañera de baile lleva guantes de seda.

Los últimos compases de la contradanza se le hacen eternos y, cuando la pieza termina, Price corre a servirse un trago del licorcillo dulzón que los criados vienen repartiendo hace un buen rato.

Nadie saca a bailar a la viuda.

A esa hora ya se ha marchado más de la mitad de los invitados, que parecen haber aprovechado el jolgorio de los bailes para emprender la retirada de la manera más discreta posible. Tanto así que Price se ve de repente en medio del salón casi vacío.

Los músicos no dejan de tocar, pero ya nadie baila. Se han vuelto a armar los pequeños corrillos de fumadores en los pasillos y el clima empeora con el paso de las horas. De hecho, hace un poco de frío y Price tiene que ponerse la casaca.

Un rato después, bajo una lluvia ligera, se van marchando más y más carruajes. Price piensa que él debería hacer lo mismo y, sin embargo, no pregunta por su cochero. Tiene la sensación de que algo más debería ocurrir, que la jornada no puede cerrarse así, sobre todo después de tanto jugueteo de miradas y ocultamientos entre la viuda y él.

Price decide quedarse otro rato. Total, no tiene nada que hacer en la casa de Mosquera junto al pesado de Codazzi.

El acuarelista encuentra lugar en el último grupito de fumadores, junto a la flamboyante sarasa de Ifigenio Albán, que a esas horas ya se ha tomado varias copas de más y habla arrastrando las consonantes. Y así va llegando la noche, mientras la voz de Ifigenio serpentea casi exhausta entre el humo del tabaco y el repiqueteo uniforme de la lluvia. Price tampoco ha parado de beber en todo ese rato, siente algo de náuseas, agruras leves, mareo. El licorcillo dulce ha resultado ser muy traicionero.

En ese momento se le acerca un criado y le habla al oído. Ha llegado el momento que esperaba. Doña Julia quiere verlo en su recámara. Eso es lo que le susurran. Quiere verlo en su recámara a usted solo, especifica el criado.

Price espera unos minutos para que su marcha no despierte sospechas. Al fin se levanta con toda la discreción de la que es capaz y se interna en la casa, da vueltas por los salones, se pierde, se ve a sí mismo penetrando en zonas muy oscuras y, justo cuando está a punto de darse por vencido, se topa nuevamente al criado, que le hace señas para que lo siga escaleras arriba.

El acuarelista, un poco borracho, trata de infundirse ánimos y sacude los brazos mientras sigue al criado por los pasillos. Una puerta se abre, Price entra a la gran habitación y el criado desaparece después de dejarlo encerrado con llave. Pero ahí adentro no hay nadie, así que el pintor interpreta que debe esperar.

Se oye el ruido de los últimos carruajes que se marchan, las ruedas chillan, tintinean las bridas y los caballos resoplan, resignados a arrastrar su carga bajo el aguacero.

El pintor se sienta a esperar en un gran canapé. Por la ventana entra un viento frío y muy húmedo. Los chisporroteos de la lluvia crean una gran caverna aislante alrededor de su cuerpo.

Justo delante del canapé, apoyado sobre la pared, hay un mueble, una especie de gabinete nada aparatoso. Al contrario, parece tan fino, tan elegante, que su presencia apenas se nota.

En medio de la penumbra del cuarto, tarda un rato en darse cuenta de que los dos paneles de madera que conforman la portezuela frontal del mueble están pintados. Al acercarse a mirar con ayuda de una vela descubre lo que ya venía sospechando: es una de las formidables piezas de Pandiguando.

Magníficamente pintados sobre los dos paneles cerrados se ve a doña Julia al lado de su hijo Pedro y, muy atrás, en el fondo de la imagen bucólica, está el difunto patriarca representado con su uniforme militar al pie de un caballo blanco.

De repente se oyen unos pasos leves que vienen del pasillo, al otro lado de la puerta. Price escucha, alerta. Luego viene el inconfundible hurgueteo del cerrojo y entonces ve aparecer en el umbral a la viuda de Villarroel, los rasgos de su cara perfilados por la luz de la lámpara de aceite que trae en las manos. No hace falta ni decirlo: Price está a merced de esa mujer. El cosquilleo de la ingle forma una sola turbulencia con el sentimiento de siniestra adoración que le nace en el pecho.

La mujer, sin decir una sola palabra, se acerca levitando y lo conduce de la mano hasta el canapé.

La viuda se inclina para que la punta de su nariz, un poco fría, toque la mejilla ruborizada de Price, que sólo puede cerrar los ojos y dejarse hundir en el olor arrebatador que emite todo el cuerpo de la mujer. Los dedos de una mano alargada le acarician la parte posterior de la cabeza.

Con la otra mano, la viuda va palpando el pecho, abriendo los botones de la casaca. Price respira muy agitado. Ella un poco menos.

Cuando Price abre los ojos ve a la viuda manipulando un pañuelo negro.

Doña Julia juega con el pañuelo delante de la cara de Price, que, en pleno trance, sólo alcanza a darse cuenta de que ese pedazo de tela que le acaricia el rostro no huele a nada. Todo lo demás huele delicioso, excepto el pañuelo.

¿A qué huele el pañuelo? A nada. ¿Cómo es eso posible? ¿Cómo puede oler a nada?

La mano alargada le acaricia el sexo, cada vez más grande y duro, por encima de la tela del pantalón.

La nariz de la viuda se desplaza lentamente hacia los labios de Price. Ella va ofreciendo poco a poco su boca, como replicando el juego de escondite que llevan jugando todo el día, de la nariz a los labios, de los labios a la nariz.

Otra vez su delicioso olor a cosas vivas y muertas.

La mano de la viuda toma otra vez su mano para que se interne por debajo de la enorme falda, de las tres enaguas, y le acaricie los muslos. Price siente que le palpita la verga cuando logra abrirse paso con los dedos ansiosos hasta el sexo de doña Julia.

Price siente que la flecha del tiempo corre para atrás. Como si eso ya hubiera sucedido y los minutos quisieran regresar al cántaro roto del que cayeron en algún punto. El extravío temporal sólo aumenta cuando la viuda empieza a masturbarlo con su mano alargada. La lluvia, en lugar de caer, asciende a los cielos. Price ya no se puede mover. Por más que quiera, no se puede mover.

Está paralizado del cuello para abajo, con los dedos repentinamente rígidos en el interior de la concha mojada de la viuda.

Trata de mover los dedos y no puede. Lo único que puede mover bien es el rostro. Los labios que besan y lamen y se engolosinan con la otra boca. El resto del cuerpo lo tiene paralizado, rígido. Trata de apartarse del beso. No lo consigue.

Ya no hay nada que hacer. Es demasiado tarde en la misma medida en que es demasiado temprano y el tiempo salta en todas las direcciones, por eso no hay nada que Price pueda hacer para remediar lo que acaba de hacer y lo que van a hacerle.

La viuda se levanta del canapé. Price se queda allí sentado como una estatua, con la verga dura por fuera del pantalón.

Doña Julia camina hasta el mueble de Pandiguando y abre rápidamente las dos portezuelas pintadas. Adentro no hay nada. Sólo oscuridad, como si no tuviera un fondo, como si aquello, más que un mueble, fuera una vía de acceso a algún recinto oculto de la casa.

La viuda vuelve a sentarse junto a Price, que se queda todavía más aterrado cuando la mujer abre la boca y rompe su voto de silencio para gritar: ¡GORGONA! ¡GORGONA!

Price lucha. Quiere moverse. Quiere levantarse y huir, lanzarse por la ventana abierta, salir corriendo y el cuerpo no le responde. No le responde ningún músculo. Sólo su cara sigue operativa. Podría decir algo, pero ¿qué decir?

¡GORGONA!, grita de nuevo la viuda.

El acuarelista ve salir una criatura que asciende desde las profundidades del mueble.

Pero ¿qué es eso? ¿Un animal? ¿Un demonio?

Parece una araña de cuatro patas, pero tiene una cabeza que bien podría ser humana. Un rostro deforme, como de polluelo recién salido del cascarón, donde alumbran unos ojos de muñeca o de ángel. Unos mechones de pelo hirsuto le cubren parcialmente la cabeza calva.

Price grita. La voz le sale muy tenue. Apenas como un gruñido de gatito.

La criatura se desplaza en cuatro patas, con las extremidades flexionadas de una manera imposible. La viuda vuelve a romper su silencio: hola, mamita, dice. Hola, mi mamita adorada.

La nariz de la viuda se acerca al oído de Price para susurrarle algunas palabras: ella es la madre, ella es el padre, ella es el hijo. Ella es hija de la madre y nieta del hijo. Hija del hijo de la nieta del padre. Ella es la matriz. El huevo. El hijo de hijos, el padre de todos los padres.

La unión se consuma sin mayores ceremonias. La criatura trepa al cuerpo de Price y un gran coño muy coñudo y viscoso en la parte inferior del tronco de la araña se abre para alojar la verga dura del hombre paralizado en el canapé. ¿Por qué yo?, alcanza a susurrar Price. La araña de carne humana trabaja con agilidad y sus contorsiones van extrayendo la semilla.

¿Por qué yo?, repite Price, agente involuntario del supremacismo internacional, espejo invisible, aparato de visión, umbral abierto de par en par, fisura óptica por la que se cuela la luz de la muerte y se establece definitivamente el tiempo del incesto, el tiempo de la extracción en el que el huevo se fecunda a sí mismo. La araña succiona, saca lo que tiene que sacar. Price eyacula. Madre, hijo, padre, todos saltan a través del umbral al mismo tiempo.

Ya no vendrá el tiempo de los artesanos. Vendrá el tiempo de la madre que chupa. Los artesanos serán traicionados. Nadie cumplirá sus promesas y ellos derrocarán a Obando y pondrán a otro presidente para que cumpla las promesas, pero nadie cumplirá las promesas, porque las promesas son el futuro y el futuro ya pasó, la flecha del tiempo sí se invirtió, todo va para atrás. Vendrá la revolución fallida y adentro tendrá una guerra civil y adentro de la guerra civil habrá otra revolución fallida con otra guerra civil adentro y otra vez la guerra y la revolución y los artesanos verán que su tiempo sigue sin cumplirse cuando vean que en el centro de todo siempre hubo un huevo. Nada se cumple en el régimen de la madre que chupa tiempo para dejar establecido el orden de los hombres que se hacen a sí mismos, de los hombres que han realizado en su carne el tiempo del incesto para hacerse a sí mismos en el huevo de la araña. Caerá también Melo y vendrá el orden restaurado, vendrá la alianza de los que fingen estar separados para hacer posible el incesto y Price volverá a su casa, roto para siempre el espejo de la guerra, volverá a su vida y pronto descubrirá que nunca tuvo una máscara, que los ojos de la santa rodaron por debajo del mueble, que nadie está más desnudo que un hombre blanco, que nadie tiene tan prohibido hacerse una máscara como un hombre blanco, la pura rostridad sin cabeza, la abolición final de todas las máscaras, la desnudez más radical de todas, la succión, la extracción, la máquina que chupa y no deja nada. Absolutamente nada. Una nada en cuyos rincones quedan fecundados los huevos. Muchos más huevos. Tantos que ya no se pueden contar en medio de tanta nada.

SEGUNDA PARTE

EL JARDÍN DE LOS PRESENTES

Ayer conocí el nombre secreto de mi casa

MAROSA DI GIORGIO

el nombre secreto de mi casa es decir la catarata que cubría el ojo izquierdo de mi abuela Fanny y alcanzar a decir no alcanza a decir: el nombre secreto de mi casa, la catarata que cubría el ojo izquierdo de mi abuela Fanny y cuando miraba con el ojo malo y alcanzaba a decir no alcanza a decir el nombre secreto de mi casa

el nombre no alcanza la catarata el ojo malo el pelo malo la piel mala el nombre que no alcanza en el afán de llegar a decir casa ojo secreto colgado de la catarata lo cubre pero no alcanza y la luz le da de lleno a la luz es decir catarata es decir secreto abuela no decir el nombre alcanza con no decir

el ojo del pez mixín se estudia para saber cómo era el ojo antes de que hubiera ojo

antes de que hubiera ojo usábamos el ojo para no ver y para captar la luz un poco mejor que la piel una segunda piel oscura una máscara blanca y así regular nuestros ciclos circadianos, la hora de comer, la hora de dormir, la hora de aparearnos, un ojo-tiempo, un ojo para palpar la oscuridad del ritmo

no había ojo entonces

sólo piel pegada al tiempo separada del tiempo apenas por una membrana adherida al tiempo eso

era ojo y nombre y no alcanzaba

la casa tenía un nombre y en el centro del nombre había un patio con macetas y duendes: pido perdón por la concesión narrativa pido perdón a quienes no les alcanza pido perdón al ojo malo al secreto a la casa tenía un nombre y en el centro del nombre está la conspiración del ojo pelo piel casa de la fertilidad así no alcance así no viernes ni me jueves más

catarata pido perdón por la concesión narrativa no quería pero tuve que hacerlo en el patio y a la cabeza

el ojo del mixín nos permite asomarnos al ojo tal como era cuando no había ojos y los animales decidieron que había llegado la hora

la hora siempre llega en que los animales deciden a la cabeza de tener ojos

llegó la hora y entonces perdón por la concesión narrativa llegó la hora y dijeron: tengamos dos tipos de ojos los ojos buenos y los ojos malos

a nosotros los mamíferos nos tocaron los ojos malos y tuvimos que cultivar este ojo para acabar viendo el ojo tal como era cuando la cabeza del nombre no era casa dejad que pinte una acuarela dijo el ojo malo y todos escuchamos a la abuela llevando mal las cuentas en el patio de los duendes perdón por contar perdón por la acuarela pero dejad que os pinte la conspiración del ojo pintado en el nombre

Fanny no contó lo que había visto con el ojo malo: he visto, dijo, he visto que se abría un ojo en la corteza del árbol y ahora sé que el secreto del ojo es que antes del ojo la piel ya estaba mirando

la conspiración de la luz percutida sobre el tambor de la piel mala

el ojo del pez mixín en el plato de santa Lucía: la oscuridad, dice Burke, es horrible por naturaleza y refiere la curiosa historia del niño ciego de nacimiento que, tras ser operado de cataratas, recupera la vista a la edad de trece años. Y cuenta Burke que al cruzarse por la calle con una mujer negra el niño grita horrorizado. Lo oscuro es, pues, abominable el ojo quiere luz alba aunque no vea, dice Burke. Visión maléfica, negativo de la luz sublime

tu piel mirando desde el ojo de la corteza

después de absorber toda la luz mala

abuela

no puede haber pentimento en la acuarela porque el tiempo corre en una sola dirección incluso cuando salta

dejad que os traduzca lo que no dijo Fanny: leemos el género carcelario de la autobiografía con el ojo malo que no ve pero regula nuestros ciclos circadianos

o una traducción alternativa: este es el tiempo | y este es el registro del tiempo (Laurie Anderson)

o una traducción transparente: no puede haber pentimento en la acuarela de la abuela medio ciega en Indagación filosófica sobre el origen de nuestras ideas acerca de lo sublime y de lo bello (1757), Burke nos ahorra la historia de lo que sucedió después del encuentro, no sabemos si el niño que gritó al ver a la mujer negra fue objeto de burla por parte de los transeúntes, como en un simpático cuadro de costumbres pintado por Ramón Torres Méndez (la mujer negra que se encoge de miedo ante el miedo del niño que la mira, los personajes populares señalando entre chistes y carcajadas, un caballo que levanta las patas delanteras, aterrado también por el grito, alguien arroja un cubo de orines desde la ventana de un segundo piso)

no conocemos el relato de cómo el niño se enteró más tarde de quiénes eran los negros

tampoco sabemos qué le ocurrió a la mujer después, qué efectos tuvo aquel encuentro para ella, saberse la fuente de un terror atávico, saberse del otro lado de la piel del ojo del tambor percutido por la luz

el niño descubre el ojo malo de la abuela Fanny y grita horrorizado

en esta historia yo soy Burke, soy el niño, soy la mujer

dejad que os traduzca: un ciego traduciendo visiones para una audiencia de ciegos que ya no pueden ver con la piel antes de que la pintura se seque sobre el papel hay que arrepentirse del rostro ciego

mi padre ha enmarcado una antigua foto de la abuela Fanny

el fotógrafo decidió aplicar una máscara de talco blanco sobre la piel negra para que el rostro alumbre y la membrana de bastoncillos albos se excite dentro del ojo mecánico

parece una estrella de cine, una cantante de mambo

es la única foto que papá tiene de su madre, es así como quiere olvidarla poco a poco

espectral

borrosa

he encontrado el nombre secreto de mi casa dibujado en tu estrella, abuela, la carreta llena de pieles secas que arrastrabas al mercado de Santa Elena para vender al por menor tu secreto en non-fungible tokens, y ahora tengo miedo de romper el sello de un arcano con una palabra tuya fundida en mi ojo malo

en un rincón del edén abandonado crece una planta (Boquila trifolioliata) capaz de imitar a muchas otras plantas, nadie daba crédito pero es así: la planta tiene ojos, la planta es un ojo, la hoja es un ojo que copia a las plantas vecinas, imita sus hojas, imita sus tallos, el mixín se niega a perder su ojo vestigial que le crece incluso por debajo del pellejo como sucede con los embriones en el útero: tienen piel encima de los ojos adaptados a la vida submarina: non-fungible trifolioliata

dejad que os traduzca: crédito a ciegas son todas estas palabras extendidas como un pellejo que se vende al por mayor y al detal

en el mercado negro

para Giambattista Vico no existieron nunca los cíclopes tal como los describe Homero: gigantes con un ojo en medio de la frente. Vico explica en su Nueva ciencia (1744) que todo se debió a una mala traducción de las categorías poéticas (generi fantastici) que utilizaban los antiguos para describir su mundo y así, el ojo al que aludían no era un ojo sino un claro del bosque, una zona arrasada gracias al fuego donde los gigantes arcaicos, genios fundadores de la civilización, podían dirigir su mirada al cielo en busca de las señales auspiciosas (el trueno, los astros). Cada gigante tenía un ojo, es decir, un círculo limpio en medio de la barbarie selvática, una circunferencia calcinada por la que entra la luz de los dioses y se mantiene a raya a las peligrosas criaturas del bosque

Homero malinterpretó el concepto y supuso que aquel ojo era un ojo Odiseo vence al Cíclope clavándole el tronco de un árbol allí mismo, en el ojo Un árbol del bosque vuelve a crecer en el centro mismo del claro en un rincón del edén abandonado, entre ídolos de piedra rota y tubos de neón fundidos, crece una planta capaz de imitar la morfología de todos nuestros bastardos Paulina Villaquirán, hija natural, de profesión Sastre Hernando Villaquirán, hijo natural, de profesión Picapleitos César Villaquirán, hijo natural, de profesión Sastre Antonio Villaquirán, hijo natural, de profesión Carpintero Federico Villaquirán, hijo natural, de profesión Ebanista y todos los demás artesanos, componedores de radios, fabricantes de menjurjes y pomadas, inventores de prodigios mecánicos, diseñadores de juguetes para niños traviesos, productores clandestinos de aguardiente, de bebidas gaseosas de colores vibrantes y grandes burbujas, falsificadores de monedas de baja denominación, cazafantasmas, pulidores de lentes, buscadores de las minas del rey Salomón en Timbiquí, teguas curalotodo, latoneros, recicladores de interesantes desperdicios, zahoríes, adivinadores de la suerte, domadores de fieras, prostitutas, bordadoras, cocineras de reyezuelos, maestras de pueblo, telépatas, educadores de loros y guacamayas, sirvientes y conspiradores del ojo malo para que haya historia, dice Vico, debe primero haber un ojo en medio del bosque un lugar donde la humanidad no se pierda Un círculo de fuego el ojo es la institución primera de la historia su condición de posibilidad su requisito el ojo malo de los mamíferos el ojo ciego el ojo-tiempo el ojo-piel el ojo-tambor ojo por ojo claro a claro se va abriendo la historia en el bosque arrasado por el fuego se cuenta la historia alrededor del fuego, dice Vico, la fragua de Vulcano El fuego que es la técnica y la luz que es la ciencia luz y fuego coinciden en el ojo pero nunca forman una unidad nunca dejan de luchar en realidad la luz no es fuego pero el fuego alumbra y quema y mantiene a los animales a raya el bosque arde el bosque vuelve del tronco de un árbol chamuscado retoñan las primeras hojas en el centro del ojo el nombre vulgar de la boquiola trifolioliata la planta que mira la planta que copia a las demás plantas es bejuco sudamericano enredadera leñosa voluble de sentido horario perennifolia con pelos uniseriados los ciclos circadianos el ritmo que corre en el sentido de las manecillas del ojo

no debería sorprendernos que el hombre imite a la naturaleza

la cosa se pone buena cuando nos damos cuenta de que la naturaleza nos imita a nosotros

el nombre secreto de mi casa arrasada por las llamas de la ironía preestablecida en el ojo de Vico que mira la escritura divina la bóveda abierta

toda superficie que recibe la luz de nuestra estrella es un ojo no hace falta ningún ojo no alcanza con decir las llamas el daguerrotipo vulgar sudamericano dejad que os traduzca, literalmente: la abuela Fanny y Kanye West van tomados de la mano por el sendero del Sur, cantando la tonada de Zip-a-dee-doo-dah cuando ven una cabaña casi en ruinas que promete ser una guarida de locas, inconfesables diversiones privadas Llaman a la puerta y sale a recibirlos Bob Dylan que ahora vive allí, apartado del mundanal ruido y se gana la vida tomando fotos ambientadas en el pasado Mientras maquilla a los modelos con una gran cantidad de talco blanco, Dylan le pregunta a Kanye: ¿sabés cuál es el secreto de la mercancía? y Kanye dice: Yo, Yo y Yo. KanYo. Dylan sonríe: así es. Y vos, abuela, ¿sabés cuál es el secreto de la mercancía? y la abuela Fanny responde: ¿Kanye? Dylan dice: no, no, abuela. el secreto de la mercancía es tu ojo malo el pellejo grisverdoso que lo cubre el pájaro que canta oculto en el follaje del comunismo a Goethe no le hacía gracia o mejor let me put it this way a Goethe no le hacía ni la más puta gracia que Newton hubiera descompuesto la luz en un prisma de verdad no lo soportaba ¿qué quería demostrar? ¿qué clase de psicodelia chambona era esa? Goethe era un poeta y conocía bien los poderes de la literalidad y por eso mismo conocía los peligros de la traducción y sabía que la gente como Newton está dispuesta a torturar a la naturaleza con tal de arrancarle sus secretos, una metáfora que ya había utilizado Roger Bacon tiempo atrás, esto es, que la naturaleza ama ocultarse y se niega a revelarnos el conocimiento que necesitamos para igualarnos a los dioses, así que la naturaleza debe ser llevada a un tribunal y allí es menester torturarla, violarla, someterla a los peores suplicios Sólo así confesará lo que sabe y Goethe el poeta Goethe sabía que las metáforas en las manos equivocadas se convierten en pesadillas y conspiraciones y por eso básicamente por eso no soportaba que Newton hubiera pasado un rayo de luz por un prisma

la luz entra al prisma y vomita las entrañas sobre el plato vacío de santa Lucía hace unos años por todas las carreteras de Colombia empezaron a aparecer unos letreros anónimos que decían: RENUNCIO A ARTEMISA, RECIBO A CRISTO Traté de averiguar quién estaba escribiendo (con brocha y pintura, no con aerosoles) esos grafitis, pero nadie supo darme razón aunque lo más seguro es que se tratara de una de las tantas sectas evangélicas que rechazan el culto a la Virgen María

Respeta el misterio, | no te dejes arrastrar por la codicia. | La Naturaleza-Esfinge cosa monstruosa, | te aterrará con sus incontables pechos, escribe Goethe en referencia a las imágenes tradicionales de la diosa Artemisa, cuya estatua más famosa está cubierta de figuras animales y de una gran cantidad de bultos que, durante siglos, se creyó que eran eso, pechos, pero luego resultó que no, que no eran pechos: eran testículos de toro

decenas de testículos de toro que los sacerdotes del templo de Artemisa en Éfeso colgaban de una estatua de madera

luego una multitud de devotos en éxtasis caminaba en procesión hasta el templo siguiendo a la figura que chorreaba sangre

Marco Tulio Cerón, hijo natural, de profesión Contable (tramposo maquillador de declaraciones de renta)

mi abuelo

solía llevarme a las corridas de toros cuando era niño

también a los gallos mi abuelo criaba gallos de pelea y los fines de semana íbamos a la gallera un círculo de arena y los apostadores gritaban el torbellino emplumado les sacaba chispas en los ojos a esos hombres poseídos la lengua les asomaba muy rosada por la boca abierta como cresta de gallo en plena mueca mi abuelo ganaba casi siempre sus gallos eran buenos gallos pero él era más bien austero en sus celebraciones apenas sonreía satisfecho y acariciaba la cresta de su gallo ganador y cobraba su plata Yo me pregunto ahora, abuelo, si eras el involuntario sacerdote de un culto perdido o sólo un pobre hombre con los ojos grises que apostaba a los gallos y trataba de enseñarme a apreciar el arte de matar a un toro el arte de sufrir una corrida el hombre habilidoso Gilgamesh contra la Bestia de la Diosa Virgen

¿y yo, abuelo? ¿soy tu pupilo, el aprendiz de brujo, otro pobre hombre?

el ojo ciego de arena estéril donde la sangre derramada no da frutos

el ojo sediento se lo bebe todo

Enrique Ponce

dos orejas

los phnhê, o al menos eso se desprende de los mitos recogidos por el padre Lorca, un sacerdote franciscano, en 1740, eran una sociedad patriarcal, todo su orden civil y religioso se basaba en un corpus muy extenso de historias que cuentan cómo dos héroes civilizadores lograron acabar con el matriarcado, que tenía sometidos a los hombres a un oscuro régimen de caos, incesto y ebriedad Los mitos dan mil vueltas para contar lo malas y retorcidas que eran las mujeres y la cantidad de trucos mágicos que les toca hacer a los hombres para dominarlas Al final, cuando se imponen en esa guerra de los sexos, los hombres descubren que no pueden acabar con el principio de lo femenino, porque eso es algo que está inscrito en el bosque y la ley del bosque es más grande que la ley de los hombres, entonces les toca inventar una manera armónica de hacer bailar y hacer coincidir las cuentas del sol y de la luna, o sea, de lo masculino y lo femenino, los phnhê tenían una obsesión con las matemáticas, con los cálculos astrales, con el complejo arte de seguir las estaciones en el trópico, no obstante, y aquí viene el giro, cuando están descubriendo la aritmética de lo masculino y lo femenino, empiezan a surgir números excedentes Los cálculos no cierran del todo Sobran cifras, sobran días y noches que se acumulan a lo largo de milenios y se transforman en semanas, meses, las cuentas no salen y esas cifras corresponden a su vez a otros tantos principios sexuales Los phnhê reconocían cinco géneros distintos. Y esos géneros son la condición necesaria para que la matemática de los números del sol y la luna pueda seguir su danza celeste Así la ley del bosque y la ley humana se acompasan en una compleja coreografía que es necesario contabilizar con mucho rigor, de ahí que los phnhê se autodenominaran *los que llevan las cuentas*

Goethe no quería violar a nadie sólo quería ser iniciado en los misterios porque los misterios del arte son los misterios de la naturaleza de acuerdo a la antigua doctrina órfica que Goethe seguía

Kanye no quiere ser un iniciado, es un aprendiz de mesías:

arcano del arte del Capital, Kanye concibe su Imagen como una llave diseñada por Dios para abrir el Cerrojo Final que da acceso a la cámara de los Faraones

pero la llave está rota

Kanye está, siempre estuvo, dentro de la cámara y ya no puede salir

enterrado vivo como un sirviente

que ha descubierto por fin el nombre secreto de su casa

la literalidad no es la luz ni la oscuridad ni la guerra ni el quijote ni sancho ni moby dick ni tu padre ni los gallos de Igor ni tu madre ni tu confesión o tu retrato decolonial ni la materia oscura la literalidad no es el daguerrotipo señorial sudamericano ni la prueba de ADN donde descubres que al final sí pertenecías a la realeza Dogón o que estás legitimado para citar las sagas nórdicas la literalidad no es la literatura no es literalmente la literalidad no es la respuesta a nada ni las astronaves de la prehistoria ni la tecnología ancestral que permitía a los incas hacer levitar gigantescas rocas la literalidad no es un espejo virtual no es un universo paralelo idéntico a este no es no es ni quiere serlo la literalidad no es el testículo recién cortado la vulva cavernosa la restauración de los cultos la marca el logo la etiqueta la literalidad es

ni es la coca-cola soviética ni los beatles soviéticos ni los dibujos animados soviéticos ni ninguno de los falsos ídolos que el comunismo tuvo que inventar en su batalla por las almas (la religión verdadera siempre se impone)

la literalidad es todo eso sin necesidad de ser nada y por eso estamos aquí, encerrados del otro lado de la piel

cultivando el jardín autobiográfico:

nací bajo el signo de Virgo

la llegada de un ovni la aparición sorpresiva de un monstruo la declaración oficial de una pandemia la guerra total se sienten como el acontecimiento de la literalidad pero no son la literalidad literalmente no es no

la batalla contra la literalidad requiere de estos instantes donde la misa siente que la Verdad se ha revelado que Moloch y la Bestia de Artemisa están aquí para desatar su furia punitiva y entonces la farsa ha quedado oficialmente suspendida nos dicen a partir de ahora nadie puede fingir nada: esto es la realidad literal digo lo que pienso y pienso lo que digo abolición radical de la ironía preestablecida debes creer en la Imagen Verdadera la que sea para que la literalidad no suceda para que sigamos en la tauromaquia del claro abierto en la mitad del bosque en el círculo de arena estéril donde los símbolos han sido definitivamente sometidos: el artesano de las farsas trabaja también para nosotros en la fabricación de esta zozobra es el denostado teórico de la conspiración que se sacrifica por nosotros es nuestro hombre al otro lado de la piel el agitador de simulacros que hace posible toda esta sustanciosa materialidad pero ya basta de cháchara

que salga el matador

dos orejas

el calendario de piedra: acuarela en el claro abierto que ya empieza a cerrarse nadie puede leer la posición de los astros porque los astros han cambiado de posición no puede haber pentimento de lo contrario los astros van a dejar una marca del error la aberración en el ojo chueco que ya no sabe mirar hacia arriba mucho menos hacia abajo se filtra la luz entre las piedras conducidas hasta allí con ayuda de naves espaciales alienígenas y tecnología de los antiguos astronautas de History Channel capaces de hacer levitar hasta el arrepentimiento la catarata donde la diosa toma su baño secreto bajo el estricto cuidado de las ninfas

está prohibido mirar no los pechos sino los testículos sangrantes que cuelgan de la literalidad

goma de mascar soviética

alguien tose en el pasillo se encienden todas las alarmas

Este es el tiempo | y este es el registro del tiempo Una última traducción de la ciencia del ojo y el cerrojo para dejar definitivamente abandonado este jardín de estatuas muertas: a través de las carnosas flores del borrachero (Brugmansia sanguinea) se oye la música de las especies la música del magma la música de la extinción que fluye por enredaderas electrificadas se contagia a las abejas se contagia al sexo de otras flores poliniza canta convoca sombras suspiros a través de la gramofónica flor se oye

la abolición de los mapas y los calendarios la lenta rotación de las esferas

Vico: la Providencia reinicia sus ciclos cuando la ironía se escapa de control del ironista

una nueva barbarie mucho peor que la barbarie primitiva nos espera al final del camino nuestras ciudades eso dice Vico nuestras ciudades se convertirán en madrigueras propias de animales nuestras academias en muladares nuestros templos en nidos de ratas así hasta que el retroceso hacia el primitivismo haga renacer en nosotros la inocencia el temor a Dios y a la autoridad

tal la crueldad del gran ojo que alberga a todos los demás ojos

la rueda literal de la Providencia de acuerdo a la ley de las abuelas

TERCERA PARTE

TIGRE NEGRO
1855

Mecê acha que eu pareço onça? Mas tem horas em que eu pareço mais. Mecê não viu. Mecê tem aquilo – espelhim, será?

JOÃO GUIMARÃES ROSA

Ahora quiero que apreciemos en todo su esplendor esta linda diapositiva de la ciudad de Panamá, República de Nueva Granada, en 1855. ¿Ven el perfil acuoso de la cúpula, los altos tejados, el puerto? ¿Las carrozas tiradas por flacos traperos, el revoltijo de gentes que andan por el mercado, las esterillas donde las vendedoras embera ofrecen sus hortalizas, sus molas, sus finas cestas? ¿Y esos trabajadores malayos que toman un breve descanso antes de ser transportados a las obras de mantenimiento del ferrocarril? Tampoco hace falta pintar muchos detalles para que entremos *en situación*, basta con unas pocas pinceladas de color local para que el espejismo surta efecto.

Antes de seguir adelante, antes de atravesar simultáneamente estos mirajes, quiero advertir que no estoy tratando de impugnar la representación que ofrezco aquí. No estoy guiñando un ojo para hacerles saber que esto es falso, un simulacro o una transparencia creada con el fin de engañar. Para que tal cosa fuera posible, tendría primero que haber un modelo real; sólo entonces podríamos ver cuánto se aleja esta diapositiva del fenómeno verdaderamente existente llamado Panamá y estas imágenes se nos revelarían como una simple copia defectuosa, pintoresca.

El propósito de la diapositiva es otro: quiero mostrar que no existe el modelo.

Porque Panamá nunca existió. Ni en 1855 ni ahora. Panamá no existe. Panamá no es ni siquiera un lugar, es una figura mágica compuesta por dos espejos intersectados en cruz: uno orientado de norte a sur y otro de oriente a occidente. Quienquiera que haya visitado Panamá sabrá a qué me refiero. Estar en Panamá es atravesar un umbral. Estar en Panamá es dar ese paso de baile fatal en el pivote de los hemisferios que giran al son macabro de la geopolítica, estar en Panamá es pegar un brinco en reversa, al derecho y al revés, para obrar la bifurcación doble: el viajero cuadruplicado que mira en todas direcciones. No hay manera de estar en Panamá. Sólo se la puede atravesar permanentemente, en una peregrinación sin fin, sin objeto: Panamá es una puerta giratoria, una rueda de la fortuna, una tómbola de donde ya no se vuelve a salir.

Por supuesto, falta mucho todavía, casi cincuenta años, para que se produzca la Separación definitiva. Cuando eso suceda, en 1903, uno de los lados del umbral se cerrará y Colombia quedará enclaustrada en su cámara funeraria con todos sus demonios, no sabemos si para siempre. Colombia tampoco existe. No existía en 1855 y sigue sin existir ahora. Colombia no es ni siquiera un lugar. Es un barco pirata intentando cruzar en alguna de las direcciones del espejo mágico, espérate que te espera hace más de un siglo, pero no le dan paso y la tripulación ha muerto y ha resucitado tantas veces que ya nadie sabe quiénes son los vivos y quiénes son los cadáveres, los fantasmas, los monstruos, pero ahí sigue, esperando su turno para cruzar. Los vivos comiéndose a los muertos comiéndose a los vivos mientras la luz descompuesta en el prisma vomita todos los espectros a la orilla del istmo.

Nadie lo sabe aún, ni siquiera los hechiceros que se van a encargar de obturar nuestra salida en la cruz de espejos, mucho menos los ingenuos promotores colombianos de la obra, pero el tren que se acaba de inaugurar en enero es el primero de los rituales de la gran separación. El primer tajo.

Pero, como digo, para eso todavía falta mucho. En 1855 todavía se mantiene un moderado flujo neogranadino en las cuatro direcciones. Panamá es parte del barco pirata y a ratos parece que el barco está a punto de zarpar, no sabemos hacia dónde. Panamá es, en todo caso, su bitácora y su compás, su astrolabio.

Me doy cuenta, por otro lado, de que habrá quien asuma esta ligera exposición de diapositivas como una prueba invertida a favor de la existencia de ciertos países, supuestamente más serios, con más sustancia o más *historia* que las encrucijadas de espejos o los barcos piratas. De hecho, no hay nada más fácil que convencer a un idiota de que su país existe y los conspiradores del destino manifiesto sacan un incalculable provecho de esa circunstancia. Ningún país existe. Todos los países son fantasías, alegorías que se desvanecen como algodón de azúcar en la lengua materna. El meollo del asunto, sin embargo, es que no hay exterior de la fantasía. No hay manera de *salir* de ella. Lo que hay, en todo caso, son umbrales, portales patafísicos, fronteras especiales, barcos fantasma, barcos encallados, agujeros de gusano, trapiches de materia oscura, cavernas, pasadizos ocultos detrás de una catarata, por los cuales un peregrino transparente podría atravesar de una fantasía a la otra.

Miremos entonces Panamá en la diapositiva pintoresca que se recorta contra la luz brumosa de la tarde, justo después del aguacero. La ceiba que crece en el centro de la pequeña plazoleta y, unas pocas cuadras más cerca de la orilla del mar, la silueta de una palmera melenuda, unas gaviotas indiferentes y, por fin, las murallas del fuerte, construida mucho tiempo atrás por los españoles para proteger la ciudad contra los ataques de corsarios y piratas.

Allí, justo debajo de esas murallas, en unas bóvedas que se abren bajo los arcos de punto que sostienen la estructura de piedra coralina, se encuentran los calabozos de la prisión. A la entrada, dos guardias en mangas de camisa, las chaquetas del uniforme colgadas en el espaldar de cada asiento, matan las horas jugando al dominó. Tan distraídos están en el juego que no se percatan de la llegada de un joven no muy alto ni muy guapo pero sí bien vestido, un cachaco, como los llaman ahora. Uno de los guardias se pone de pie. El otro tarda más en reaccionar, pero al menos alcanza a ponerse la chaqueta sin abotonar.

El joven se presenta, tiene un nombre largo, apellido compuesto y muchos papeles, cartas, documentos sellados, firmados y lacrados con toda clase de timbres, estampillas. Por mucho que el joven trata de explicarse, ninguno de los guardias entiende bien el asunto. Deciden remitirlo directamente con el alcaide, que no se encuentra en las bóvedas ahora mismo, de hecho, nunca está allí cumpliendo con sus obligaciones, sino en su casa durmiendo siestas o emborrachándose en cierta bodega de mala reputación. Los guardias saben todo eso, pero no se lo dicen al joven. Mejor hable con el alcaide, dice uno de ellos. Nosotros sólo somos centinelas.

El joven se da por vencido, recoge todos sus papeles, vuelve a meterlos en el cartapacio, resopla y se da la vuelta sin despedirse. Cachaco marica, dice uno de los guardias en voz muy baja mientras vuelve a quitarse la chaqueta y se reanuda el juego.

El joven no sabe adónde ir. No conoce la ciudad, mucho menos los códigos, la malicia portuaria, la prestidigitación de los niños que le sacan algunas monedas de un bolsillo. Se pierde por las calles, se siente extranjero, fatalmente pueblerino. Al lado de esta ciudad, donde ya se siente un pulso cosmopolita, Bogotá es un pueblo grande con aires casi tiroleses. El único poder de la capital reside en el control de la letra, en gente como él o, más bien, en el cartapacio que la gente como él se ve obligada a llevar por todas partes como fuente del crédito legal. La fantasía requiere siempre de los abogados para flotar por los aires, cualquiera sabe eso.

El joven abogado regresa a la casa de sus primos, los López, donde se está hospedando, resuelto a valerse del prestigio de estos familiares para sacar adelante sus gestiones. Pan comido para don Justo, su tío segundo, que no tarda en mandar a un criado a las bodegas del puerto con una nota dirigida al alcaide conminándolo a recibir a su sobrino a la mañana siguiente en el despacho de las bóvedas.

A la mañana siguiente el joven abogado llega puntual a la hora acordada y se encuentra al alcaide con la barba mal afeitada, ojeras, modales deficientes, por decir lo menos. Saca todos los documentos de su cartapacio y expone la situación sin rodeos: trae un documento certificado, con sus debidos respaldos y cartas, donde se solicita la excarcelación inmediata del ciudadano José Rufino Pandiguando. Un Indulto Oficial, en otras palabras. Tengo órdenes de llevar a este señor hasta Bogotá, dice el joven, donde el señor Pandiguando debe firmar un contrato para unirse cuanto antes a la Comisión Corográfica en calidad de acuarelista.

Sentado al otro lado de su polvorienta mesa, el alcaide hace como que revisa los documentos. Parece un mal actor que ensayara delante del espejo su papel de puntilloso observador de las normas y procedimientos. Cada tanto levanta la mirada para tantear al joven abogado, pone cara de circunstancia, asiente arqueando la boca y abriendo mucho los ojos. Luego vuelve a repasar los papeles, apunta con un dedo una línea, otra. Muy bien, dice, parece que todo está en orden. El joven abogado no se puede contener: claro que está todo en orden, dice, vengo por encargo directo del general Tomás Cipriano de Mosquera y del general Agustín Codazzi, director de la Comisión. La orden de excarcelación debe emitirse inmediatamente para que yo me pueda llevar al señor Pandiguando a Bogotá a la mayor brevedad. El alcaide se pone rígido, como si la sola mención de esos nombres importantes lo hubiera espabilado de su resaca. Promete celeridad en los trámites, aunque advierte que todo eso requiere de cierto papeleo. De aquí a mañana, a esta misma hora, podríamos tener todo listo. El joven da las gracias, mete los papeles en el cartapacio y se marcha.

Una nueva sorpresa lo aguarda al día siguiente en el despacho del alcaide, que dice tener una noticia buena y otra mala. La buena es que el papeleo está listo, ningún contratiempo en ese apartado. La mala es que en la prisión hay dos hombres que dicen llamarse José Rufino Pandiguando, dos hombres que además afirman ser artistas virtuosos y no hay manera de saber cuál de los dos miente. El joven abogado exige un careo de inmediato con ambos reos.

Un rato después lo llevan a una mazmorra donde lo aguardan los dos hombres con grilletes en manos y pies. Según le han contado, Pandiguando es de raza indígena, oriundo de un resguardo de los indios paeces, en las montañas de la provincia de Popayán. El joven no tiene ninguna habilidad para distinguir las razas ni es bueno con las fisonomías, menos con los acentos. Lo cierto es que ha viajado muy poco, apenas ha salido de Bogotá tres veces, dos hacia Honda y una hacia Tunja y Pamplona, así que no está en condiciones de distinguir entre el Pandiguando verdadero y el impostor. Quizá si tuviera que elegir entre especímenes de la sabana de Bogotá y Boyacá, podría aumentar su margen de acierto, pero en este caso los dos le parecen exactamente iguales: dos indios de buena talla, espaldas anchas, los músculos de los brazos muy marcados por el trabajo físico.

Pasan unos minutos hasta que da con una posible solución al problema. Otra de las cosas que le han dicho antes de viajar es que Pandiguando es un artista con un talento único, un genio, alguien capaz de hacer cosas imposibles. El verdadero Pandiguando, por tanto, será el mejor artista. El abogado manda traer lápiz y papel y propone lo siguiente: que cada hombre haga el mejor autorretrato en el menor tiempo posible. Deben dibujar de memoria su propio rostro. El que logre el parecido más exacto se viene conmigo, dice.

Igual lo que la Comisión necesita es un buen artista, alguien capaz de pintar el país de una manera halagüeña, bonita y simpática, no a un individuo en particular.

Los guardias desatan las manos de los reos para que puedan trabajar más cómodos. Pasan unos minutos y los autorretratos están listos. El reo de la derecha ha dibujado un rostro que, sí, se parece mucho a la catadura horrible que el abogado tiene delante, pero hay también varios defectos. Es como si se hubiera dibujado más joven. Quizá este pobre hombre no se ha mirado al espejo en todos los años que lleva aquí, piensa el abogado. Cuando se acerca al reo de la izquierda de la mesa se lleva una sorpresa. El hombre ha dibujado, no un rostro humano, sino la cabeza de un tigre negro. La imagen es de una perfección apabullante, los colmillos afilados, los ojos de fuego, la expresión feroz y el detalle más singular: debajo de la piel negra se alcanzan a apreciar las manchas típicas de estos animales. El joven abogado ha visto pieles de tigre negro utilizadas como alfombras en muchas casas de familias pudientes de Bogotá y es justo así como se pintan esas manchas: son como una leche de estrellas escondida tras el velo oscuro, algo tan sutil que casi es necesario mirarlo en escorzo para descubrirlo. Parece que usted no entendió la prueba, dice el abogado. ¿Acaso no me oyó? Tenía que dibujar su propia cara. El indio lo mira con unos ojos cansados donde todavía arden dos lejanas antorchas. Ése soy yo, responde. Usted dijo un autorretrato. Ése es yo, yo mi.

El abogado, muy confundido, agarra los dos dibujos. No sabe qué hacer. En todo rigor tendría que elegir al hombre sentado a la derecha, pues ha hecho el mejor autorretrato y sin embargo vuelve a acercarse al otro tipo, el que dibujó a la pantera. ¿Podría hacer un autorretrato más… convencional? ¿Podría hacerlo otra vez pero no en sentido figurado sino, cómo le digo, algo más *real*?

El hombre agarra de nuevo el lápiz y en menos de un minuto, con trazos veloces y casi violentos, dibuja un calco muy exacto de su rostro humano.

El abogado vuelve a comparar los dibujos. Este último es perfecto. Sin fallas. Todavía dudoso, se echa la bendición y elige al hombre de la izquierda. Elige al tigre negro. Que sea lo que dios quiera, piensa, pero este me ha parecido el verdadero artista.

Las dudas no se disipan en ningún momento, pero al cabo de tres noches el expresidiario y el abogado consiguen llegar a Colón y embarcarse en un vapor rumbo a Cartagena.

Una vez a bordo, con los brazos apoyados en el pasamanos, mirando que las sombras de Colón van quedando cada vez más lejos, el abogado resuelve que ya no hay nada que hacer, que no vale la pena torturarse. La suerte está echada.

Tarde en la noche, cuando el joven ya se ha relajado y está leyendo un libro en su camarote, alguien llama a la puerta. Es el exreo Pandiguando, no sabemos si el verdadero o el impostor, pero ya da igual. Es Pandiguando a todos los efectos legales. Aseado y con las ropas limpias que el abogado le ha proporcionado, ya no parece tan amenazador. Es un indio de cuarenta años, corpulento sin llegar a resultar imponente y, para asombro del joven, se expresa con buena dicción y amplio léxico. En primer lugar, agradece al joven por sus gestiones para liberarlo. Gracias de verdad, dice estrechándole la mano, le estaré agradecido siempre. El joven abogado sonríe.

El barco se mece con el oleaje manso. Nada de qué preocuparse. Hace una noche perfecta y a la hora de zarpar no se percibían señales de tormenta, apenas unas nubes largas como barras de pan que le dan relumbre a una luna color de óbolo santo.

Pandiguando quiere conocer mejor los motivos de su liberación. El abogado le explica que Codazzi está inconforme con el trabajo que viene haciendo el acuarelista actual, un señor Manuel María Paz. Como usted sabe, para la nación es de vital importancia que esas pinturas sean lo más bellas que se pueda pero también lo más fieles a la realidad. En cuanto usted firme el contrato en Bogotá y se incorpore a la Comisión, Codazzi planea prescindir de los servicios del señor Paz.

Pandiguando parece conforme con la explicación y se excusa. Nos espera un largo viaje, dice, voy a dejarlo descansar, doctor. Y otra vez, gracias.

El abogado está gratamente impresionado con Pandiguando. Le ha parecido un hombre en extremo modesto, muy educado y nadie diría que acaba de pasar más de un año en una de las peores cárceles de toda la nación, sometido a trabajos forzados en las obras del ferrocarril, encadenado a una fila de otros tantos presos bajo el asedio de mosquitos, enfermedades, lluvias torrenciales, mucho calor, fieras salvajes. Tiene entendido que los reos como él, esto es, presos políticos, han recibido los peores castigos, las condenas más severas, el tratamiento más ejemplarizante. Y, pese a todo ello, el joven abogado no ha creído ver en el rostro de Pandiguando una sola marca de resentimiento. Qué estoicismo, piensa. Admirable por donde se lo mire.

Acostumbrado al bamboleo rítmico del barco, vuelve a recostarse en su catre y se pierde en la lectura. Acaba de empezar a leer *Peregrinación de Alpha*, el libro de Manuel Ancízar sobre el primer viaje de la Comisión Corográfica, realizado cinco años atrás. En principio se ha impuesto esa lectura por pura obligación, bajo el supuesto de que su deber es conocer más a fondo la naturaleza del proyecto que le ha otorgado su primer trabajo importante como abogado. Lo que no se esperaba es que el libro de Ancízar fuera tan divertido y que estuviera repleto de historias que ya quisieran para sí muchos poetas y novelistas.

Por razones que no atina a comprender, el joven está embelesado con un pasaje en particular: aquel donde la expedición, durante su recorrido por tierras boyacenses, arriba a orillas del lago de Tota, ubicado a unos tres mil metros de altura sobre el nivel del mar. Ancízar expone ahí la fascinante hipótesis de Codazzi sobre la pretérita existencia de un gran mar interior que se habría formado en tiempos inmemoriales, quizá producto de la retirada de las aguas oceánicas durante el violentísimo y abrupto surgimiento de la cordillera de los Andes. Se trataría, por tanto, de un gigantesco cuerpo de agua salada que se habría quedado atrapado en esas alturas. Codazzi encuentra indicios de que las masivas compuertas naturales, que alguna vez tuvieron represado a dicho mar interior, pudieron haberse roto en un momento no muy lejano en el tiempo, quizá unos pocos miles de años antes, lo que habría dado lugar a un diluvio de proporciones bíblicas en las llanuras del oriente. El sistema de lagos de alta montaña que todavía hoy se observa en esa zona daría testimonio de la existencia de ese antiquísimo mar interior.

Los habitantes de todos los pueblos que rodean el gran lago de Tota hablan de una criatura mítica, un monstruo con cuerpo de pez y una horrible cabeza de perro o de buey. Otros lo describen como un dragón con cara de reptil leonado, melena incluida, y de piel tersa como la de los delfines. La imaginación popular se regodea en una criatura que, como conjetura Ancízar, debe de ser más bien una fábula fraguada por la psicología de unos pueblos hundidos en la ignorancia y la superstición. El joven abogado se detiene en el pasaje y lo lee más de una vez: «Juan de San Martín fue el primer español que avistó el lago de Tota, en 1537, guiado por indios de Issa, anhelosos por desorientarlo del valle de Sugamuxi, adonde quería que lo llevaran. "Desta laguna refieren, dice Piedrahita, que a tiempos descubre un pez negro, con la cabeza a manera de buey, mayor que una ballena. Quesada dice que en su tiempo lo afirmaban personas de gran crédito y los indios decían que era el demonio; y por el año de seiscientos cincuenta y dos, estando yo en aquel sitio, me refirió haberlo visto Doña Andrea de Vargas, señora de aquel país." Tan autorizada quedó esta patraña del demonio de agua dulce que nadie se hallaba con valor de explorar el lago, del cual y de sus islas contaban lindezas peores que las de Piedrahita, hasta que recientemente llegó por allí un inglés poco temeroso del diablo y, fabricando una balsa de juncos, abordó a la isla mayor, donde sostuvo una sangrienta batalla con… los tímidos venados que pacíficamente la poseían. A ejemplo del inglés entraron otros navegantes, en balsas y canoas, y desencantaron el lago, que hoy no tiene otros peligros sino los causados por las borrascas del páramo de Toquilla, cuando agitan las tres leguas cuadradas de superficie que ofrecen las aguas a la acción de los ventarrones».

Tras este aluvión de imágenes, el joven abogado cierra los ojos y se queda dormido con el libro abierto sobre el pecho.

La bulla del puerto lo despierta al amanecer. El abogado se levanta, se peina lo mejor que puede y trata de eliminar las arrugas que el catre le ha dejado en la ropa. No va a estar muy presentable que digamos, pero ni siquiera eso le quita el buen humor.

Sale del camarote muy lozano, cargando con su valija en la mano derecha y el cartapacio bajo el sobaco izquierdo. Busca a Pandiguando entre las decenas de hamacas colgadas en la cubierta superior del barco. No es fácil moverse entre toda la gente que va y viene con el característico trasiego que produce la llegada a un puerto entre los pasajeros. Tampoco ayuda la estatura del joven, que se tiene que empinar a cada rato para poder ver entre el gentío. El vapor no lleva más de cinco minutos atracado en el muelle; es posible que Pandiguando se haya adelantado a todo ese ajetreo y lo esté esperando ya en tierra. Con mucho esfuerzo, el joven logra abrirse paso hasta la lenta fila que baja del barco a través de la pasarela. Desde esa altura tiene una buena vista del muelle, donde los trabajadores descargan a toda velocidad la mercadería, los arcones, maletas y maletines de distintos tamaños, que van formando bloques estables sobre los gruesos tablones del suelo.

Una vez en tierra, localiza la pieza de equipaje que le faltaba recoger y se sienta encima de su valija a esperar a su compañero de viaje, que sigue sin aparecer. Cada vez quedan menos pasajeros por desembarcar. El corazón del joven se arruga. Trata de no verbalizar lo que ya viene temiendo hace rato.

Un rato después ya no queda nadie a bordo y el joven vuelve a subir al barco para cerciorarse. Pero ¿cerciorarse de qué si es muy obvio lo que acaba de pasar? Furioso, incrédulo, pasmado, el abogado siente que le falta el aire, aunque una parte de él sigue creyendo que hubo un malentendido, que quizá hay una explicación sencilla y que el señor Pandiguando va a reaparecer de un momento a otro para continuar con el procedimiento y llevar a buen término el encargo que le han hecho desde tan altas instancias.

Durante varios minutos se pasea por el muelle arrastrando todo su equipaje con dificultad. El cartapacio se le cae del sobaco dos, tres veces. Tiene ganas de llorar como un niño y al instante recompone su cara inexpresiva, su máscara de orgullo, que tanto trabajo le ha costado moldear a lo largo de años y años de estricta educación bogotana. Pero lo cierto es que disimula muy mal la desesperación y no es para menos. Su futuro laboral, la incipiente reputación de la que goza, el prestigio de su familia, su hombría, hasta su inteligencia y quién sabe cuántas cosas más, todo eso está en juego por culpa de un descuido. O de una reverenda ingenuidad y falta de experiencia. Las idas y venidas por el muelle van acompañadas de un carrusel de reproches: ¿por qué no tomé más precauciones? Tendría que haberlo obligado a dormir conmigo en el camarote. Tendría que haber creado un documento legal que condicionara su perdón a la firma del contrato con la Comisión. En paralelo, contempla sus alternativas: tal vez podría regresar a Panamá para buscar al otro reo que se hacía llamar Pandiguando y que, de todos modos, no dibujaba tan mal. El problema es que ya están firmados y sellados todos los papeles de la excarcelación y el indulto y seguramente se vería obligado a inventar alguna historia traída de los cabellos para justificar el cambio o, en el peor de los casos, tendría que sobornar al alcaide y con eso caería en el lado sucio de la ley... ¿Qué hacer, entonces? Y vuelta a empezar con los reproches mientras va como pollo sin cabeza por todo el muelle, cargando sus maletas con ambas manos y sujetando a duras penas el cartapacio bajo la axila. Ahora maldice a Pandiguando, lo llama indio hijo de treinta, cuarenta mil putas indias, indio mañoso, indio ladino, indio resbaladizo, indio de voz meliflua, tramposo, diablo espantalavirgen, sanguijuela oportunista, truhan. Aprieta las palabras entre los dientes y refunfuña para diversión de dos porteadores negros que llevan un rato observándolo. Uno de ellos, ya cansado de tanta chanza inútil, trata de sacar partido de la situación y se le acerca. Jeñó, dijcurpe, le dice, ¿ta bujcando posá? El abogado no lo entiende y se hace repetir la frase. Quesi ta bujcando posá, insiste el porteador. Esta vez el joven sí logra cachar. Piensa unos segundos, mira en ambas direcciones, apoya las maletas en el suelo y responde que sí, que está buscando posada.

El porteador, siempre sonriente, agarra el equipaje, que en sus brazos parece muy liviano, y conduce al joven abogado hacia la muralla, zigzagueando entre una gran cantidad de gente que deambula desde tan temprano por las cercanías de la Torre del Reloj. Intramuros hay incluso más movimiento que afuera y, para colmo, en un espacio reducido, con los cuerpos untándose unos contra otros en un comercio que al joven le parece repugnante. El porteador camina rápido, quizá demasiado rápido. Al abogado le cuesta seguirlo. Al lado de aquel negro larguirucho que anda a las zancadas, él se ve como un canijo nervioso que se desplaza en una revolución de pasitos cortos intercalados con brincos. A veces, cuando el porteador dobla una esquina, lo pierde de vista por unos momentos y él tiene que aumentar la velocidad para alcanzarlo. La carrera lo deja exhausto, empapado de sudor en las axilas, chorreando goterones por toda la frente. No son ni las ocho de la mañana y ya hace mucho calor, al menos para el joven porque los cartageneros parecen inmunes a ese clima del demonio.

El porteador entra con el equipaje a una casa de dos pisos con balcón y regatea el precio de sus servicios con el abogado, que termina cediendo en todo. Está demasiado acalorado, demasiado confundido y desesperado como para ponerse a discutir por unas monedas; tiene otras preocupaciones mucho más graves.

La posadera le da un buen cuarto en el segundo piso, por lo menos las sábanas están limpias y la ventana da directamente a la plaza San Diego. El abogado se manda a preparar un baño. Necesita estar aseado, fresco y bien vestido para poder pensar lo que debe hacer. Y es justamente allí, mientras un niño zambo le vacía una totuma de agua fría en la cabeza, cuando recuerda que aún conserva los dibujos hechos por los dos presos en las bóvedas de Panamá.

El resto del día, recorre los muelles y zonas aledañas preguntando por el señor Pandiguando con ayuda del excelente autorretrato que este mismo ha dibujado. Nadie ha visto ese rostro. Es como si se hubiera desvanecido en el aire. El abogado insiste. Vuelve a enseñarle el dibujo a las mismas personas. Mire bien, por favor, dice. Sin ningún resultado.

Al atardecer regresa a la posada, derrotado, calculando cómo dar las malas noticias. No sabe si es mejor darlas en persona nomás llegar a Bogotá o si debería enviar un correo por adelantado mientras permanece unos días más en Cartagena a la espera de obtener alguna nueva información. En cualquiera de los dos casos, sus perspectivas no son muy alentadoras. Su carrera ha muerto nada más empezar, piensa. No podré aspirar a ningún cargo de importancia, al menos durante unos años, hasta que la gente se olvide y logre restaurar mi buen nombre. ¿Y qué va a pasar con mis planes de proponerle matrimonio a Beatriz Vargas Pardo? Ay, dios, qué desgracia, qué desgracia, dice en voz alta, sentado en el borde de la cama con la cara escondida en las manos, llorando de rabia.

En ese momento llaman a la puerta. Es el servicio de baño que ha encargado al entrar. Después de un día tan agitado, con tantas amarguras y encima habiendo tenido que tratar con gente de tan mala clase en el muelle, lo mejor será volver a bañarse.

Con el cuerpo metido en el platón de agua fresca y el niño que le frota la espalda con un estropajo, el joven inexperto pone su cerebro a trabajar. Tiene que haber una manera de enderezar las cosas, piensa, y a la vez trata de adivinar las intenciones del fugitivo. ¿Seguirá escondido en Cartagena? ¿Se habrá marchado? Y, si es así, ¿en qué dirección? ¿De vuelta a Panamá o habrá puesto rumbo hacia el Atrato? ¿O no será que simplemente va a tomar la ruta del Magdalena hacia el interior del país? Y otra cosa, no menos importante: ¿con qué dinero? ¿De dónde sacó la plata para escapar si cuando se subió conmigo al vapor en Panamá no tenía ni una macuquina partida por la mitad? Por fuerza, este truhan debe de tener aliados aquí en Cartagena. Alguien debe de haberle prestado lo que necesitaba, si no es que sigue oculto en alguno de los tantos recovecos de la ciudad.

A primera hora del día siguiente, el joven se dirige a la desinflada y salitrosa casa colonial donde funciona la imprenta. Pregunta si es posible realizar allí un grabado con el rostro de Pandiguando, pero los hombres que se encargan de las máquinas son gente sin el entrenamiento adecuado y mucho menos el talento que estos oficios requieren. Son, en definitiva, una pandilla de chambones y malos aprendices. A duras penas pueden sacar, lleno de erratas, el boletín oficial de la gobernación. Lo de hacer un grabado a partir de un dibujo queda por fuera de sus posibilidades. En Bogotá ha sucedido algo similar después de la guerra del 54, cosa apenas lógica si se tiene en cuenta que los mejores impresores, linotipistas, grabadores y artistas se unieron primero a la gleba que hizo el golpe de Estado, luego a la famosa revuelta y al final casi todos acabaron muertos en los campos de batalla, fusilados en juicios sumarios o, como en el caso del propio Pandiguando, presos en la cárcel de Panamá. El país se quedó sin una importante reserva de mano de obra calificada después de aquel conflicto.

Nuevamente frustrado, el joven está a punto de salir corriendo de aquel edificio. Y es en ese momento cuando su cerebro, siempre tan recursivo, vuelve a iluminar una buena ocurrencia. En lugar de malgastar su dinero en una mala impresión, decide pagar generosamente a quien le brinde información acerca de los artesanos locales que participaron en la guerra. ¿Queda alguno vivo, no importa a qué oficio se dedique? ¿Cualquier artesano, de cualquier rubro? Ante el tintineo de las monedas, los trabajadores de la imprenta saltan a decir hasta lo que no saben. Hablan todos a la vez, se interrumpen. De toda esa cháchara, lo único que el joven saca en claro es que sigue habiendo buenos ebanistas en la ciudad que trabajan bajo la protección de la Iglesia y tienen todos sus talleres extramuros, en el barrio de Getsemaní.

Sin perder un segundo y con la ayuda del muchachito que hace los recados en la imprenta, el joven cachaco se hace llevar al lugar del que le han hablado, que no queda muy lejos de allí. En efecto, hay un puñado de talleres de ebanistería donde unos pocos hombres y aún menos mujeres trabajan en la fabricación de figuras de santos o muebles. Pero nadie está dispuesto a hablar, ni siquiera bajo la melosa tentación de las monedas. El joven se queda admirado con la lealtad de esa gentuza hacia los de su calaña y ahora está más convencido de que Pandiguando debió de recibir algún tipo de ayuda para escapar.

Al regresar a la posada le entregan una nota. Un periodista que trabaja como corresponsal para *El Neogranadino* y otros diarios, tanto de la capital como del extranjero, desea reunirse con él y le ruega que lo visite hoy mismo en las oficinas de *El Iris del Magdalena*, el decano de los periódicos locales, advierte la nota. Al joven se le abre un hueco en la panza. Ya se debe de haber regado la especie de que estoy buscando a Pandiguando, estoy perdido, piensa, no puedo escurrir más el bulto, me toca dar la cara. Piensa, piensa,

piensa, dice, dándose golpecitos en la cabeza mientras camina de un lado a otro de la pieza. Piensa, cabeza, piensa por mí, dime qué debo hacer. Y otra vez, la cabeza obra el milagro. El joven se planta delante del espejo. Abre el estuche donde guarda sus utensilios de aseo y saca su navaja de afeitar. Sin pensarlo dos veces, se hace un largo y poco profundo tajo que le surca la base del pómulo. La sangre brota escandalosa sobre el aguamanil, donde se diluye en el agua residual de la limpieza matutina. Haciendo presión con un pañuelo, la hemorragia no tarda en parar, pero el proceso de cicatrización demora un poco más. Tiene que esperar casi dos horas, pero al final le ha quedado una buena marca de guerra. Con eso y el brazo izquierdo metido en un cabestrillo que improvisa con la ayuda de una sábana raída, queda lista la estampa del valiente.

En el edificio donde funcionan las oficinas de *El Iris del Magdalena* todos los que lo ven pasar se quedan admirados con su paso lento y marcial. El tipo será bajito y poco atlético, pero las huellas de una lucha son suficientes para provocar admiración, más si se las sabe llevar con la teatralidad debida. Midiendo con ojo de buen cubero las reacciones que provoca su figura, el joven perfecciona a cada segundo sus dotes de actor. El periodista lo recibe como a un héroe, le ofrece un aromático tabaco de Ambalema y lo escucha admirado. El joven recita su historia y pasa rápidamente de la aburrida burocracia carcelaria a la intrépida acción de Pandiguando, que toma por sorpresa al joven y revela de paso el carácter traicionero de los indios de aquel país caucano. Primero se ganó mi confianza con toda clase de zalamerías y a continuación intentó darme la estocada mortal, explica el joven. Por suerte, he recibido algún entrenamiento militar y me sé defender, aunque no logré evitar que el zarrapastroso escapara. Luego pude averiguar que se embarcó de polizonte en un barco que atracó en esta ciudad hace dos días y desde entonces lo busco desesperadamente para obligarlo a cumplir con sus deberes. ¿Es un hombre peligroso?, pregunta el periodista, excitado. El joven hace una pausa dramática. Estamos hablando de uno de los líderes más sanguinarios de la revolución del 53 y de la guerra del 54. Y, si a eso le sumamos que estuvo preso en la cárcel de Panamá, imagínese usted. Allá tenía un alias: Tigre Negro, le decían.

Los efectos de esa breve entrevista son inmediatos. La ciudad entera sucumbe a la histeria. Los impresores del periódico han acompañado la nota con un precario aguafuerte hecho a partir del autorretrato de Pandiguando y esa imagen, un tanto deforme, mal calcada y peor tallada por parte de un joven aprendiz de grabador, basta para provocar un reguero de chismes que se expanden a toda velocidad.

No es fácil distinguir el grano de la paja, pero un día más tarde comparecen en las oficinas de *El Iris del Magdalena* cuatro testigos que el abogado considera fiables; dicen haber visto al individuo representado en el aguafuerte abordando uno de los buques de carga que remontan el río hasta Honda para recoger el tabaco y dejar allí las mercaderías importadas.

El joven abogado hace las maletas y esa misma tarde, después de cancelar la cuenta en la posada –una escandalosa tarifa por cuenta de los múltiples baños–, se sube al vapor *Calamar* que cubre toda la ruta del Magdalena. Una veintena de ciudadanos acude al muelle a despedir al héroe, que saluda magnánimo desde la cubierta mientras el barco se aleja lentamente de la orilla.

Al cabo de unas horas, encerrado en su camarote, el joven observa con preocupación que la herida del pómulo se le está cerrando y acude nuevamente a la navaja para hacerle unos retoques dramáticos. Duele, sí, pierde algo de sangre, se le hincha media cara, pero es el pequeño precio que debe pagar para no hundirse, para garantizarse al menos una mínima chance de reconducir el rumbo de su vida. Lo hago por mí, piensa, pero sobre todo lo hago para preservar el honor de mi familia y mi futuro matrimonio con Beatriz Vargas Pardo. Beatriz Vargas Pardo, amor mío, esto es sólo un pequeño sacrificio que hago para que mañana te conviertas en el ángel de mi hogar, en la diligente madre de mis retoños, en la guardiana de nuestra casa y alegría perpetua de mis ojos.

Esa viñeta idílica de la vida patriarcal queda ligeramente empañada por un remordimiento. El joven recuerda los modales, la delicadeza de Pandiguando y se siente mal por haberlo pintado con las tintas de la criminalidad y la barbarie. Quizá todo esto es un malentendido y estoy calumniando a un buen hombre, alguien tal vez un poco perturbado por la experiencia de la prisión, eso seguro. De otro modo no se habría escapado como un forajido. Pero él sabe con certeza que muchos de los artesanos que fueron a dar con sus huesos en la cárcel de Panamá no eran unos asesinos. Sólo se vieron arrastrados por el remolino de la Historia, nada más.

En las horas de la tarde el vapor ya va entrando al estuario donde desemboca el Magdalena. Hace mucho calor para estar en el camarote. El joven prefiere tomar el fresco en la cubierta y busca un lugar apartado, lejos de las miradas que lo reconocen como el héroe del periódico. Soy un farsante, piensa, un payaso y un farsante.

El estuario parece una descomunal placenta. La gran matriz donde se depositan los sedimentos arrastrados hasta allí desde los remotos interiores de la república. Se diría también que es un ojo. El ojo sangrante del Cíclope vigilado desde el aire por cientos de pájaros. Muy a lo lejos se alcanza a divisar la línea tupida de manglares que marca el semicírculo. Ahí ya no hay paisajes, sólo emblemas mudos, signos pertenecientes a una escritura olvidada. Nadie sabe qué significan las formas. Nadie consigue leer las señales, mucho menos el joven abogado que se mueve por estos países como un atolondrado personaje de fábula sin ninguna sustancia. Las únicas herramientas de valor con las que cuenta son su astucia y un ligero talento para el drama, quizá también una inesperada habilidad con los resortes narrativos de la prensa. Su imagen, para decirlo en pocas palabras. No tiene nada más que su imagen.

El barco se detiene en Barranquilla para dejar descansar los motores. En las últimas semanas ha habido accidentes en las calderas de otros vapores debido a la mala operación de los maquinistas, que fuerzan los barcos al máximo para reducir los tiempos. Se hace necesario parar, soltar vapor acumulado, asegurarse de que la presión que marcan los medidores no exceda los límites aconsejables. Esas máquinas son delicadas, tanto más si tienen que prestar sus servicios en una zona tropical donde hay una humedad ambiente del noventa por ciento y las temperaturas no bajan de los treinta y cinco grados casi nunca. Los pasajeros aprovechan para pasear por los muelles, comer pescado frito en alguna fonda y comprar los souvenires reglamentarios, en especial las pieles de caimán, que se venden amontonadas hasta alcanzar la altura de dos hombres.

El descanso toma más de lo esperado y sólo retoman el viaje al atardecer, cuando las calderas parecen funcionar sin ningún riesgo de avería.

Cae la noche sobre el Magdalena, que no duerme nunca. Las madres no descansan. Las máquinas, sí.

En Mompox vuelven a detenerse. A partir de allí los bancos de arena son impredecibles y el piloto no se atreve a proseguir en medo de la oscuridad. Se anuncia que pasarán la noche en esa ciudad. Quienes deseen desembarcar tendrán que regresar a bordo antes de las siete de la mañana.

El joven abogado, poco acostumbrado a las asperezas de la navegación fluvial, prefiere buscar posada y dormir en una cama decente. El porteador que lo conduce hasta la única buena hostería que hay en Mompox lo va poniendo al tanto de las novedades locales. Se ha cometido un horroroso crimen que tiene a todo el mundo muerto de susto. ¿Un crimen? ¿Qué clase de crimen? El hombre no le da más detalles, pero le advierte que a la mañana siguiente se celebrará el funeral en la catedral. Un funeral a ataúd cerrado, le dice. El cadáver quedó irreconocible, como si lo hubiera atacado una fiera. Esas palabras son suficientes para que el abogado pase mala noche en la calurosa pieza de la posada. Se revuelve incómodo en la cama, se despierta cada dos por tres, el más mínimo ruido que entra por la ventana lo sobresalta.

Con unas ojeras verdosas que hacen juego con la hinchazón del pómulo, el joven consigue darse un somero baño francés en el aguamanil de la pieza –utilizando un agua que no parece muy fresca–. Medio sonámbulo, se arrastra hasta el muelle por unas calles vacías, hechizadas seguramente por los acontecimientos recientes. Quiere salir de allí cuanto antes, alejarse de ese pueblo cuya belleza innegable parece agriada por el mal fario que se respira por doquier. El maquinista del vapor le da otra mala noticia: zarparán al menos tres horas más tarde. La caldera está dando problemas otra vez y es mejor prevenir que lamentar.

De pronto empiezan a sonar las campanas de todos los campanarios de todo Mompox. Doblan por un muerto importante, sin duda. La gente que anda por el puerto cuchichea, se santigua, hay mujeres cabizbajas, mucho velo cubriendo los rostros y otros tantos hombres con cara de haber dormido igual de mal que el joven, con ojeras verdosas y aliento a ron. Nadie ha podido descansar en ese pueblo.

Pronto cobra forma un consenso entre varios de los pasajeros del barco para asistir a las pompas fúnebres en la catedral.

Cuando la romería de pasajeros llega al lugar de los hechos, les toca arruncharse entre los últimos curiosos, muy lejos del altar, porque las bancas están todas llenas y no hay hueco ni en las naves laterales. Es el acontecimiento del año en Mompox. Un muerto importante y, encima, víctima de un horrible asesinato. Como no se pueden levantar las tapas para ver al difunto, la gente inventa, chismea, especula, pero, según los rumores más repetidos, el criminal le arrancó toda la piel de la cara, dejando los músculos al descubierto, los ojos perpetuamente abiertos. La víctima era el jefe del Partido Liberal de la ciudad, don Victoriano Ortuño.

El joven abogado sabe, porque así se lo han enseñado en la escuela de Derecho, que no es lícito crear un vínculo de necesidad entre dos hechos aislados que comparten algunos detalles circunstanciales. Asociar ese horrible asesinato con la fuga de Pandiguando en Cartagena sería una irresponsabilidad y, de nuevo, estaría empeorando las calumnias contra un pobre indio que con toda seguridad es inocente. Pero ¿cómo resistirse a la tentación? ¿Cómo no aprovechar esa coincidencia providencial para apuntalar su imagen de perseguidor y justiciero? ¿No es ése el camino más corto para asegurar su futuro y su buen nombre?

Por otro lado, si capturan a Pandiguando no habría ninguna prueba en su contra, nada que pudiera ligarlo al asesinato (son dos eventos aislados sin ninguna conexión demostrable). A un abogado astuto como él no le resultaría difícil enderezar ese entuerto y acabaría llevándolo por la fuerza ante la Comisión, tal como le encargaron que hiciera, en tanto que las autoridades continuarían buscando al verdadero asesino.

No habiendo hallado mayor impedimento moral a sus planes, el joven le pide permiso al cura para hablar después de la misa.

Cuando lo oyen pronunciar su alarmante sermón, los mompoxinos claman justicia, piden la pronta captura del criminal que se hace llamar Tigre Negro, se oyen gritos de dolor, ayes, una señora se desmaya, un tullido trata de levantarse y cae al suelo como un bulto, convulsiona. El abogado está empezando a descubrir hasta qué punto la realidad es una jalea deliciosamente maleable si uno cuenta con unas mínimas nociones de Derecho y publicidad.

La muchedumbre celebra al héroe, en cuyo rostro se pintan las señales de una cruenta batalla, le dan ánimos para enfrentarse a la fiera.

El barco zarpa casi al mediodía. Todo Mompox, con alcalde y banda de músicos incluidos, sale a despedir al joven abogado que ha prometido justicia. ¡Ojo por ojo!, grita desde la borda.

Dos bogas que presencian la farsa se ponen a hacer chanzas en esa lengua elástica y secreta con la que nombran las cosas del río. Ojo cojo. ¿Voj vijte ar tigre? ¡Mhhjejé! ¡Con el ojo cojo fue que lo vide! Yo no lo vide. ¿O jerá que zí?

Yo lo vide y ta encuevao y lo tienen que zacá. Pero ¿ji jerá que lo vide? Yo no lo vide, lerolé lerolá. Eze tigre ta encuevao. Que lo zaquen, que lo zaquen ya.

Y ambos se doblan a las carcajadas antes de ponerse a remar corriente abajo.

La noticia del diabólico Tigre Negro y el noble perseguidor se riega por toda la ribera del Magdalena más rápido que una epidemia. Durante los siguientes días, allí donde llega el vapor hay gente esperando para entrevistarse con el joven abogado, periodistas, funcionarios civiles, buscavidas que se ofrecen como ayudantes a cambio de una modesta suma, mujeres descaradamente coquetas que se hacen las encontradizas. Para todos tiene el abogado una palabra amable, un gesto simpático, siempre cordial pero no menos distante.

Ya bien adentro, en tierras del estado de Santander descubre que el Gobierno nacional ha expedido una orden de captura contra el ciudadano José Rufino Pandiguando y hasta mandó imprimir cientos de copias del grabado chambón que se publicara días atrás en *El Iris del Magdalena*. Las noticias, literalmente, vuelan. Se ofrece también una recompensa de veinte pesos oro a quien capture vivo al temible asesino del general Victoriano Ortuño, QEPD.

El joven teme que la cosa se le esté saliendo de las manos y a la vez nunca se ha sentido tan feliz, tan lleno de energía. Y qué satisfacción tan grande cuando todos los miembros de una sociedad, desde el pueblo llano hasta las capas más nobles, reconocen los méritos de un humilde sirviente de la ley. Cosas así recita en voz alta cuando le piden que pronuncie unas palabras y, por supuesto, lo aplauden.

La última débil llama del remordimiento se apaga con todo ese ventarrón de fama.

El vapor arriba a Honda a media tarde. Allí la recepción alcanza niveles de celebridad internacional, como si hubiera llegado un alto prelado de la Iglesia o una compañía de teatro habanera. Hay banda de música, cura con hisopo, paso obligado por el estudio de daguerrotipos de Florencio Sardo, brindis con el alcalde y hasta un señor Sturges, de la sede local de la Legación Británica, se ha acercado a participar en los honores en el muelle. En Honda la familia del abogado tiene una sucursal de los almacenes donde se comercia con mercadería importada (vajillas, ropa, sombreros, zapatos, armas de fuego, munición…). Sus tíos, los dos hermanos menores de su padre, encargados de atender el negocio, no caben en sí del orgullo y le hacen saber a todos los presentes que aquel cachaco tan atildado es pariente suyo.

Algo, sin embargo, arruina la fiesta. Algo amarga las sonrisas, aviva un grave rumor y, finalmente, los músicos dejan de tocar. El homenajeado es el último en darse cuenta de la modulación ambiente. Muchos salen corriendo a sus casas, desesperados, dando alaridos. Hay más confusión que certezas, pero no cabe duda de que algo horrible acaba de suceder.

Mientras el pueblo estaba distraído en la recepción del héroe, el asesino ha vuelto a atacar en las narices de todos. Las autoridades locales no saben qué hacer. Están paralizados de terror y voltean a mirar al joven abogado como diciéndole: salve usted la patria.

Un criado conduce a la comitiva hasta una casa conocida por todos, pues allí vive el principal jefe liberal de Honda, don Arnulfo Weckbecker.

Nadie está preparado para lo que van a ver ahí adentro. Cruzan un zaguán, dos patios y llegan a la cocina. Toda la servidumbre de la casa yace tirada en el suelo, pero sólo están dormidos, quizá bajo los efectos de algún alcaloide muy fuerte, pues, por mucho que los zangoloteen, no se despiertan. Al fondo de la casa hay un jardín muy bonito, con muchas plantas tropicales y un caminito de ladrillos que conduce hasta el aljibe de piedra. Allí se encuentra Weckbecker, con el tórax abierto de par en par, cada hilera de costillas perfectamente separada como simulando un pequeño armario que diera acceso al interior de unas alacenas. Sólo que, en lugar de conservas y alimentos, lo que sale de aquel siniestro gabinete son los intestinos y demás órganos vitales. La sangre ha formado un charco oscuro que antes de endurecerse ha fluido hasta la tierra y regado los árboles frutales que parecen alegres, tonificados. El corazón, como descubrirán unos minutos más tarde, flota en el fondo del aljibe.

La expresión del rostro es relajada, como si él también estuviera soñando un sueño muy dulce, a punto de despertar de la siesta.

Quien ha descubierto el cuerpo es la esposa del señor Weckbecker, que se encuentra encerrada en sus aposentos, muda, enloquecida. Los dos hijos de la familia, por suerte, están en Bogotá.

Al pie del cadáver hallan también una nota manuscrita. Nadie se atreve a levantarla del suelo. De hecho, todos esperan a que lo haga el héroe, que para eso es el héroe.

El joven abogado duda, pero al final se inclina y recoge el papel. Lo desdobla y lee: USTEDES MATAN MÁS, PERO YO MATO MÁS BONITO. FIRMADO: TIGRE.

Hay que actuar rápido, dice el joven. El asesino no debe de haber salido todavía de la ciudad. Tenemos que poner grupos de hombres armados en todas y cada una de las vías de acceso, en los puentes, en todos los caminos. Mandan a llamar al jefe militar de la zona, general Palomino Cuesta, hombre experimentado que ha visto cosas mucho más horribles en los campos de batalla de toda la nación, para que se encargue de organizar esos retenes. Entretanto, se arman grupos espontáneos de ciudadanos con palos, machetes y escopetas que van recorriendo las calles.

Toda esa actividad continúa durante la noche. Los pasos de las patrullas repiquetean por el empedrado del suelo y las llamas de las antorchas hacen vibrar las paredes. Nadie se asoma a las ventanas. Hay toque de queda decretado por el alcalde, excepto para las batidas ciudadanas que se mantienen vigilantes y esculcan hasta en el último rincón, bajo los puentes, entre los puestos del mercado, en los muelles, en los pocos barcos que esperan la llegada del día para reiniciar el camino de regreso al mar.

Cada cierto tiempo se oyen gritos, pero son sólo falsas alarmas. De resto, silencio fúnebre.

Encerrado en casa de sus tíos, el joven abogado, mira las vigas de madera en el techo de la habitación. Trata de reconstruir lo sucedido desde Panamá, quiere distinguir, encontrar un punto de vista objetivo. Pero, entre el calor sofocante de Honda y el ambiente enrarecido de la calle, ya no puede separar los hechos de los efectos delirantes de sus invenciones. Lo único cierto es que sí hay un asesino. Y no cualquier asesino. Una bestia sanguinaria. Si en ese punto Pandiguando fuera capturado no habría manera de salvarlo. Cualquier juez de la república lo condenaría a muerte, con o sin pruebas suficientes.

El mismo joven observa con extrañeza que ya no siente ni la más mínima sombra de arrepentimiento por haber inculpado a Pandiguando. En algún momento del viaje, piensa, he atravesado un umbral. Ahora sólo puedo seguir adelante. Ya no puedo retroceder y, de hecho, si quisiera encontrar ese umbral no sabría dónde buscarlo, mucho menos cómo atravesarlo en sentido inverso. Estoy jugado. No hay marcha atrás.

Lo otro que lo deja perplejo, en ese ejercicio de observación clínica de sus malas pasiones, es que tampoco siente miedo. O al menos el miedo a la muerte ha quedado completamente sepultado debajo de un temor mucho mayor: el miedo a ser desenmascarado como un farsante, el miedo al ridículo. Prefiero morir, dice en voz baja, prefiero mil veces la muerte antes que pasar una vergüenza semejante.

A la mañana se reanudan las actividades comerciales, pero la vigilancia continúa. Hay tensión, miedo y desconfianza. Los vapores zarpan temprano y la gente los ve alejarse con recelo de que el asesino haya logrado esconderse en uno de ellos.

Dos días más tarde llegan noticias, pero no vienen del mar, río abajo, sino del oriente, del camino que conduce a Bogotá, donde Pandiguando ha sido visto por numerosos testigos.

El joven organiza una pequeña cuadrilla de cinco hombres bien entrenados para perseguir al forajido y en la madrugada parten a caballo, aunque todo el equipaje, las cajas de munición, las provisiones y las armas de repuesto las llevan a lomo de mula. Por recomendación de sus tíos, ha incorporado a un negro de modales recios que tiene fama de buen cazador. Se llama Andrónico. No habla con ninguno de los otros hombres y sólo se dirige respetuosamente al joven como *amo*. Sí, mi amo, dice. Al joven no le gusta ese trato, pues ha sido desde siempre un convencido abolicionista, un creyente en la libertad de los individuos y en los efectos inherentemente benéficos de las leyes del mercado para crear igualdad y justicia. Andrónico, sin embargo, parece un hombre de otro tiempo. Alguien que rehúsa aceptar que las cosas han cambiado vertiginosamente en los últimos cuatro años, como si estuviera convencido de que todas las reformas sólo tendrán efectos en las capas más superficiales de la realidad. Siempre es mejor tener un amo que no tenerlo, repite Andrónico cuando el joven le pide que no utilice ése ni otros epítetos semejantes para llamarlo. Usted es un hombre libre, insiste el abogado, por la ley divina y por la ley humana. Andrónico produce una sonrisa severa, amarga: por eso mismo, responde, yo elijo libremente a mi amo.

Como el viaje es lento y difícil y tienen tiempo de sobra para pensar y charlar, el joven abogado y Andrónico van tejiendo una extraña amistad basada tanto en el silencio como en estos escuetos intercambios de sentencias. ¿Usted es liberal o conservador?, pregunta el joven y Andrónico responde: yo me hago matar por el partido Liberal, que nos dio la libertad. ¿Y entonces por qué me llama amo? No entiendo. Porque todos los hombres, no sólo los negros, necesitan un amo. O sea, un propósito, una dirección. El abogado trata de seguir la lógica de Andrónico. Pero ¿para eso no tenemos todos libre albedrío? ¿No somos acaso iguales ante dios? Sí, amo, somos iguales ante dios, pero no ante los propios hombres. Cuando un hombre no encuentra a su amo, a su señor, lo más probable es que su alma se la acabe llevando el diablo.

El joven no sabe qué decir y se queda pensando mientras los caballos porfían en el terreno pedregoso de la pendiente.

El ascenso es muy duro para los animales. A veces tienen que descabalgar y continuar por largos tramos a pie, tirando de las bridas con mucha maña, como persuadiendo a los caballos para continuar.

¿Y entonces?, retoma la charla el joven unas horas después. ¿Nadie es dueño de su propio destino? Oh, no, mi amo, nadie. Siempre hay alguien más que nos arrastra y hace que sintamos que sus deseos son, muy en el fondo y con honestidad, los mismos nuestros.

¿Y quienes creemos en la existencia de hombres totalmente libres y autónomos nos engañamos? Así es, mi amo, se engañan quienes así piensan. No hay tal cosa como un ser libre y autónomo. Alguien más nos lleva siempre de la mano, alguien más tira de nuestro corazón como hacemos nosotros con las bridas de los caballos. Mi destino, por ejemplo, es seguirlo a usted en esta cacería del Tigre.

Pero entonces, arguye el abogado, si yo estoy siguiendo al Tigre, ¿acaso no podemos concluir a partir de eso que el Tigre es mi amo? Eso sería absurdo.

Andrónico guarda silencio. Medita. Es posible que así sea, dice. Por eso siempre es mejor elegir uno a su propio amo, elegirlo libremente. El diablo se aprovecha de las personas que no eligen libremente a su amo y los pierde.

¿Y si elijo libremente ser mi propio amo?, pregunta el joven. ¿No se suele decir justamente que los hombres libres son soberanos de sí mismos?

No sería usted el que decide, ni siquiera el que habla, contesta Andrónico, sino el mismísimo Satanás. Nadie puede ser su propio amo.

El joven abogado, a quien los periódicos han bautizado cariñosamente como el Niño de Chapinero, objeto de todos los halagos allí por donde pasa, da gracias a la providencia por haberse topado con Andrónico. En una tarea tan singular, tan impredecible como la de perseguir a una sombra, se hace necesario contar con los servicios de un cazador experto. Alguien que conoce a las mil maravillas el arte de la cinegética.

Buena parte del camino está bien empedrado, pero en aquellos tramos donde la calzada se ha hundido en el barro, Andrónico examina las huellas. Sabe cuántos carros han pasado, cuántas mulas, cuántos caballos y la hora aproximada. A veces obliga al grupo a detenerse en seco. Desmonta y, en cuclillas, se pone a oler el terreno, palpa la consistencia de la tierra, recoge muestras de pelo, palitos quebrados y hasta mete los dedos en la bosta, da igual si está fresca o ya reseca. Si Pandiguando viaja solo, dice, nos lleva día y medio de ventaja, más o menos.

Andrónico también elige dónde acampar en la noche. No pueden quedar expuestos a un posible ataque de la fiera, explica. Se apartan un poco del camino, suben una pequeña pendiente y se ubican en un claro que les da una buena perspectiva del terreno circundante. Mientras los demás hombres encienden el fuego, Andrónico le pide al joven que lo acompañe al bosquecito que flanquea el pequeño descampado. Entrelazando ramitas, hierbajos, tallos y bejucos va fabricando imperceptibles trampas. Si viene algo o alguien por este lado, nos vamos a dar cuenta, dice.

El joven arma su carpa muy cerca del fuego. Algo lo viene molestando hace horas. La herida del pómulo le palpita desde adentro y siente una calentura muy molesta en toda esa parte de la cara. Iluminado por las llamas, se mira al espejo y ve que la hinchazón ha aumentado escandalosamente. Es posible que la herida se le esté infectando, incluso siente que se le está cerrando un poco el párpado desde abajo. Se limpia el tajo con alcohol. Se lava y se seca con el único pañuelo limpio que le queda. Luego vuelve a aplicarse alcohol. Se seca.

Con la cabeza recostada en la montura, piensa en los invaluables réditos que le ha sacado a esa herida. Más vale cuidarla, piensa. Que no se infecte, pero que tampoco se vaya a curar muy rápido.

A la medianoche alguien lo sacude por los hombros para despertarlo. Hay ruidos en el bosque. Se han activado las trampillas.

Medio dormido, con una sensación muy desagradable en la cara, el joven agarra la escopeta y finge una posición de experto tirador, una rodilla clavada en el suelo y la otra pierna flexionada atrás, apuntando hacia la nada y girando sobre su eje en un ángulo agudo. Preocupado como está por sus simulaciones, no se percata nunca de que en los demás rostros se pinta el miedo más primitivo. ¿Dónde está Andrónico?, pregunta en susurros. Pero no hay respuesta.

La tensión se resuelve cuando Andrónico sale de la espesura del bosque. Un animal, dice. Tranquilos, todos tranquilos.

El abogado no tiene ningún problema en volver a quedarse dormido después de esa interrupción. Los demás hombres se desvelan y cuidan del fuego.

Antes del amanecer continúan el viaje y esa misma mañana llegan a Guaduas, donde abundan los testigos que dicen haber visto pasar a Pandiguando. Tampoco faltan orates, iluminados y cuentacuentos que se ponen a inventar leyendas. Que si pasó por allí transformado en tigre, pero en tigre de verdad, con cuerpo y cabeza de tigre, que si venía disfrazado de mujer, sentado de medio lado sobre la bestia en una montura femenina, con ropas de señora, chal de camandulera y la cara toda empolvada. Es un maestro del disfraz, corroboran otros lunáticos. Pero no venía caracterizado así, como una señora cundinamarquesa inverosímil, sino con hábito de franciscano y predicando el amor por todas las criaturas vivas de Dios.

El joven abogado toma nota de todos estos testimonios, de hecho, apunta palabras sueltas en una libreta, sólo para fingir que está al mando de la misión. Andrónico también escucha, pero guarda prudente distancia y luego se pasea por el pueblo con las manos atrás de la espalda, como una gallina que buscara lombrices por el suelo. A veces se agacha, recoge una piedrita o un fragmento de cristal.

Después del almuerzo siguen adelante. El camino se pone más y más empinado. El drenaje falla en muchos puntos. Las piedras casi desaparecen por completo debajo de una capa de vegetación. Los caballos lo pasan mal y hasta parece que se alegran cuando ven que reaparece el empedrado en las partes más planas.

A medida que suben hacia la cordillera el tiempo se va haciendo más fresco y con el cambio de temperatura se transforman también los árboles, las plantas, la luz.

En la noche alcanzan a llegar al cantón de Villeta. Allí son bien recibidos en la casa de los Morales, una familia muy respetada en la zona que tiene una buena casa de dos patios en las afueras del pueblo. El joven duerme muy cómodo en una de las habitaciones principales. A los otros cinco los mandan todos juntos a una pieza mugrosa llena de cacharros en el fondo de la casa y a duras penas les arrojan unas esterillas para que no duerman sobre el suelo pelado.

A la tercera jornada la cuadrilla de perseguidores trepa ya hacia las tierras cada vez más frías de la sabana. En el cantón de Albán se detienen a oír a más testigos, pero para entonces ya la bárbara fiera de la invención ha devorado por completo al corderito manso de los hechos contantes y sonantes. Ahí las historias alcanzan cotas de patología social: Pandiguando aparece representado como un hechicero, dueño de un zurrón mágico donde carga unas piedras que le permiten ver el futuro, el pasado y el presente. Gracias a esas piedras, sabe también dónde están sus perseguidores, cómo burlarlos, cómo pasar desapercibido, si debe o no disfrazarse o transformarse en algún animal.

Esas historias tienen un efecto devastador en el espíritu cazador de la cuadrilla, excepto en Andrónico, que todo se lo toma con filosofía. El joven tampoco cree en esas patrañas propias del pueblo ignorante, pero igual sigue tomando nota en su cuadernito y sonríe, hipócrita, mientras escucha los cuentos.

Conforme se adentran en la sabana, la temperatura cae por debajo de los seis grados. A ratos toca agarrarse el sombrero con la mano para que el viento no se lo lleve y la humedad es tan intensa que atraviesa cualquier poncho, cualquier abrigo, por grueso que sea. En los últimos tres días han subido desde la paila ardiente de Honda, situada unos metros por debajo del nivel del mar, hasta los dos mil seiscientos de Facatativá.

Y ya al anochecer de un domingo, muertos de frío, con el ánimo por los suelos, se los ve entrar a la capital de la república.

La cuadrilla entera se hospeda en la casa familiar del joven abogado, esquina oriental de la calle de la Cajita del Agua, sobre las faldas del barrio de La Candelaria. Los padres hacen gran aspaviento cuando lo ven entrar. Se derraman algunas lágrimas piadosas, especialmente entre las sirvientas, y hasta el patriarca del hogar intenta un abrazo de oso que el hijo recibe con afectada sorpresa. El resto del grupo es tratado con amabilidad pero con la debida reserva y Casia, la criada principal y aya de todos los hijos de la casa, conduce a los demás hombres hasta un cuarto ubicado junto a la cocina, en el último patio. El padre apenas puede contener la emoción de ver a su vástago convertido en un hombre hecho y derecho. Te fuiste de aquí hace apenas unos días siendo un mozo vivaracho, le dice, y mírate ahora. ¡Oh, y esa herida, hijito! Pero ¿acaso no te has tratado ese feo tajo con un médico? No es nada, responde el hijo, sobreactuando la modestia. Hay cosas más urgentes.

El lunes al desayuno le anuncian que Andrónico ha salido desde muy pronto a hacer averiguaciones por su cuenta en las calles de la ciudad, a pesar de que se le insistió en que debía esperar a que el joven se despertara. Él sabe lo que hace, responde el abogado.

Esa misma tarde lo han invitado a una reunión en la casa de la familia Salgar, reconocido clan de liberales que desea hacerle un discreto pero sincero homenaje. El joven se acicala durante más de dos horas. Revisa una y mil veces cada detalle: el sombrero, el brillo de los botines, la altura del dobladillo, la caída de la chaqueta. Y por supuesto, el tajo del pómulo, su arma secreta. La invitación, firmada por el mismo Eustaquio Salgar, está escrita con un tono de falsa humildad que habría resultado engañosa para cualquiera que no fuera un bogotano de pura cepa. Pero, para un cachaco fututo como él, las señales enviadas entre líneas se revelan con prístina claridad. Sin duda, hay que ser santafereño para conocer todos esos protocolos ocultos entre tupidos velos de disimulo, algo más propio de un palacio japonés que de unos modestos burgueses enterrados en una ciudad fría del trópico.

La ocasión, por tanto, no es menor ni modesta, como se anuncia en la nota. Y por eso el joven abogado repasa su vestimenta como un colegial a punto de presentarse a un examen final. Es su presentación oficial ante los grandes, el momento cumbre de su vida social.

Nervioso, llega puntual a la cita, saluda con una ligera inclinación de cabeza, estrecha manos de primerísima, de primera y de segunda categoría, hace pequeñas venias dirigidas a las damas. Y mientras va completando la larga tanda de saludos y las presentaciones, comprueba que no se equivocaba. Allí está, literalmente, *todo el mundo*. Los que importan. Para el joven abogado es como el final feliz de un cuento de hadas. ¡Y él es el protagonista! ¡El centro de la escena! ¡San Jorge poco antes de matar al dragón!

Al principio la excitación le nubla los sentidos. Apenas consigue disimular la dicha. Poco a poco, sin embargo, empieza a notar otras señales que, de nuevo, serían imperceptibles para alguien que no fuera bogotano. Justiniano Fernández, sobrino del patriarca Salgar, le hace quizá demasiadas preguntas sobre su viaje, quiere saber de los caimanes, las fieras, el calor, los homenajes pueblerinos, la pompa chusca de los países situados en las tierras bajas. El joven abogado se descubre a sí mismo hablando de más cuando percibe una ligera sonrisa de ironía en la boca de Fernández. Otro atildado heredero, un muchacho de apellido Machado, va un poco más lejos y le ruega, así, le ruega encarecidamente, que cuente cómo se volvió el favorito de las aldeas ribereñas de aquel trópico insalubre. Su fama lo precede, dice, destapando un poco más las cartas. Un rato después se arma un corrillo a su alrededor para oírlo hablar de sus aventuras en Panamá, se reparten tabacos, se brinda con sherry. Dos señores muy maliciosos se hacen los que no entienden cuando el joven pronuncia mal alguna palabra en otro idioma y hasta algunas de las damas empiezan a cubrirse la boca para reírse con mucho disimulo. ¿A qué viene esta sutil animosidad? ¿Acaso me tienen envidia?, piensa, con el corazón hecho un trapo sucio. Pensaba que me habían invitado aquí para recibirme, para aceptarme como uno de los suyos y al final me salen con estos pequeños, imperceptibles desaires. Antes del atardecer se marcha de aquella casa con una sensación de derrota. ¿Hice todo esto para nada? ¿Acaso nunca me van a tomar en serio, a darme el trato que merezco? Desde el zaguán, a punto de salir a la calle con su bastón en la mano, mientras se arregla el saco y el sombrero, alcanza a oír que adentro alguien comenta entre risas: las aventuras de Sancho en el país de la cucaña. Y a continuación otro añade: ¿Sancho, dice? ¡Será Pulgarcito!

La otra cita importante que tiene es la visita a los despachos de la Comisión Corográfica, donde debe presentar un informe sobre lo ocurrido en el cumplimiento de sus deberes contractuales. Ocupa una tarde entera en la redacción y preparación de su rendición de cuentas y así al menos deja de pensar por un tiempo en su reciente fiasco social en la casa de los Salgar.

Andrónico llama a su puerta. Amo, dice, ¿puedo pasar? El joven abogado le concede el permiso y el cazador lo pone al tanto de sus averiguaciones. No tiene dudas de que Pandiguando se encuentra en la ciudad. Testigos fiables, mujeres de la mala vida, sobre todo, lo han visto en los alrededores del río San Francisco a altas horas de la noche. Deciden montar guardia nocturna en los puentes, sólo que van a necesitar más personal porque con nosotros cinco no alcanza, dice Andrónico.

La Comisión ha trasladado sus oficinas temporalmente al antiguo Observatorio Astronómico por un problema de goteras y humedades en el edificio donde venía operando desde su creación. Todos los mapas, documentos, acuarelas, cartas y archivos han debido llevarse allí de urgencia para que no sufrieran ningún daño. Cuando el joven llega a la cita se encuentra a dos funcionarios del proyecto tratando de ponerle orden a varias montañas de papeles, así que ninguno le presta mucha atención. Saben quién es él, desde luego, y lo tratan con cierto respeto, pero la presentación de su informe no es una prioridad en esos momentos. Manuel Ponce de León, a quien le han pedido de manera oficiosa que se encargue del sencillo trámite en ausencia de Codazzi, ha anunciado que tardará en llegar a la cita y pide mil perdones.

El joven se sienta a esperar. Se levanta, camina un poco entre el desorden de los muebles y el papelerío y se vuelve a sentar. Ya no sabe cómo hacer tiempo. Otra vez se levanta, deambula por ahí y, justo cuando se dispone a repetir la rutina, tiene otra de sus ya famosas ocurrencias. Sus ojos se han posado sobre uno de los arcones donde la Comisión guarda muchos documentos legales, un arcón con el que tuvo que familiarizarse durante la preparación de los papeles que se llevó a Panamá. Aprovechando que los funcionarios están muy ocupados tratando de ponerle orden a todo ese despelote, el abogado abre el arcón y busca los legajos que anduvo consultando en las semanas anteriores. Tiene la intuición de que ha pasado por alto un detalle y por eso revisa y revisa los papeles que tan bien conoce. Ahí está la carta de recomendación de Enrique Price, los tres memorandos de Tomás Cipriano, las peticiones de Codazzi al presidente de la república, la circular emitida por el gobierno, las solicitudes y demás instancias burocráticas. En total hay más de treinta documentos. El joven mira lo que ya ha mirado tantísimas veces. De pronto se descubre pensando qué haría Andrónico en su lugar. Ahora comprende que no debe revisar con ojos de abogado sino de cazador. Esta vez lo importante no son las disposiciones, los procedimientos, las instancias, las cláusulas, las minucias jurídicas. Allí no hay nada que descubrir. En cambio, otro dibujo de la línea causal empieza a surgir ante sus ojos cuando se pregunta por las motivaciones personales. Por aquellas cosas que exceden los requerimientos pragmáticos de un proyecto científico. ¿Cómo se puso en marcha la contratación de Pandiguando? ¿Quién echó a andar la rueda? Y la respuesta es sencilla. Lleva todo ese rato oculta a la vista de todos. Enrique Price. El responsable es Enrique Price, acuarelista de la Comisión antes de la guerra, en el viaje del 52, de enero a diciembre. Es su carta de recomendación la que ha dado origen a todos los demás documentos. La verdadera fuente del desaguisado. El joven se da cuenta de que nunca ha leído con detenimiento la carta de Price porque asumía que se trataba de una simple recomendación, un artista dando fe de los méritos de otro, nada más. Y cuántas revelaciones empiezan a surgir de esa lectura hecha con ojos de cazador.

La carta de Price, dirigida a Codazzi, no es una fría recomendación. Es, ante todo, un intenso y vívido recuento de los hechos sucedidos durante el 53 y el 54. El golpe de Estado contra Obando animado por los artesanos, hartos de que no se cumplieran las promesas de frenar la importación de manufacturas. El ascenso del errático general Melo, que tampoco cumplió y se dedicó en los pocos meses de su gobierno a dar paseos a caballo. Luego la guerra civil. El caos. Price se cuida de asumir siempre el credo oficialista del bando ganador a la hora de hacer juicios de valor y asignar responsabilidades en todo ese conflicto. Nosotros, dice, refiriéndose a los gólgotas. Ellos son los artesanos, los draconianos, los derrotados. En el que quizá sea el pasaje más devastador de la carta, Price cuenta que durante la guerra una milicia mixta de liberales gólgotas y conservadores de Popayán quemó la casa de la ñapanga Humberta, donde operaban los formidables talleres de Pandiguando. Toda la familia del artista pereció incinerada en ese horrible suceso que Price no duda en calificar de crimen injustificable. Y así, gracias a estos recursos dramáticos, consigue presentar las acciones de Pandiguando como un desafortunado accidente del destino. Le tocó hallarse en semejante posición por sus humildes orígenes, dice Price, pero no olvidemos que la historia está llena de estos casos en los que un gran artista, incluso genios de talento inconmensurable, acaban en el bando equivocado. Debemos tratar a los artistas con arreglo a sus dones artísticos, no juzgarlos por sus desatinos políticos, de los que nadie está exento. Quizá no ante la justicia de los hombres, pero ante Dios el señor Pandiguando ya ha pagado por sus errores con la trágica muerte de su familia.

Exculpado el artista de su participación en las revueltas gracias a la habilidad retórica de Price, que, por cierto, es un narrador de mérito, ahora sólo queda elogiar la maestría, el dominio de muchas técnicas, el virtuosismo innegable. Y en este punto le recuerda a Codazzi cuántas veces no se quedaron admirados al ver la precisión con la que Pandiguando pintaba la flora y la fauna del país en sus cuadros. Por último, Price habla de sí mismo. Del avance de su enfermedad, una hemiplejía que le está paralizando poco a poco la mitad del cuerpo, razón por la cual su familia ha decidido regresar a Nueva York cuanto antes para que él pueda recibir un mejor tratamiento médico. Soy, escribe Price en las últimas líneas, un mártir al servicio de las ciencias neogranadinas y si hoy acudo a usted para recomendarle la incorporación del señor Pandiguando a la Comisión es porque estoy persuadido de que nadie podría completar mejor un trabajo donde, literalmente, me dejé la piel, la vida.

Jaque Mate.

Hace ya más de un año que el señor Price se ha marchado del país. Ya no habrá ocasión de interrogarlo para averiguar sus intenciones. Al joven abogado le quedan muchas dudas sobre la inocencia del acuarelista inglés después de haber leído bien la carta, aunque no las suficientes para animarse a concluir que ambos, Pandiguando y Price, hayan planeado esa complicada maniobra juntos. Tal vez no lo sabremos nunca, piensa, pero la sola idea de que Price y Pandiguando urdieran un complot para que el indio pudiera salir de prisión y vengarse... Al joven abogado se le ponen los pelos de punta. ¿Acaso los dos muertos que hubo hasta ahora no son reconocidos liberales gólgotas y veteranos de la última guerra contra Melo?

Bajo esa sensación enrarecida, el joven recuerda la noche en que Pandiguando entró a su camarote en el barco que los llevaba de Panamá a Cartagena. Repasa mentalmente los gestos del artista, la serenidad del rostro, el apretón de manos. El contacto áspero de la piel. Las palabras: le estaré agradecido siempre.

No es que logre sacar ningún significado del examen de esos detalles, pero el momento se le carga de un sentido extraño, profundo. Ilegible en todo caso. Le estaré agradecido siempre. La mano. La línea sensual de la boca que sonríe. Los ojos repentinamente despejados, casi rebosantes de júbilo. El movimiento del cuerpo en el acto de retirarse, la última mirada que le lanza antes de cerrar la puerta. Gracias de verdad, le estaré siempre agradecido.

De verdad. Eso, de verdad.

Dos días después aparece otro cadáver, otro reputado caudillo del Partido Liberal, don Sinforoso Rivas. El cuerpo es hallado a la madrugada colgando bocabajo del puente Gutiérrez, uno de los tantos que atraviesan el río San Francisco. Tiene señales de tortura, muchas marcas de quemaduras a hierro candente, algunas uñas arrancadas a la fuerza. El asesino además le practicó a la víctima una incisión muy precisa en el bajo vientre para extraerle los intestinos, que luego le enrolló alrededor de la cabeza, cubriéndole a la víctima ojos, nariz y boca. Como una máscara, dice Andrónico. Le hizo una máscara con las chunchurrias.

TIGRE COME CACHACO, se lee en grandes letras pintadas debajo del puente.

Y, por si no bastara, esta vez el asesino ha secuestrado a una de las criadas de la casa del señor Rivas, una mocita de doce años que, según parece, fue testigo de los horribles hechos. Muchos voluntarios se organizan para buscar el cadáver de la joven en el río y los alrededores.

Esa misma tarde llegan noticias desde Chapinero, al norte de la ciudad. Dos labriegos de una hacienda afirman haber visto a Pandiguando cabalgando a toda prisa y llevando consigo a la cautiva en dirección al camino que conduce a Boyacá.

No hay tiempo que perder. El Gobierno asigna a diez hombres más para que se unan a la cuadrilla original del abogado y en la noche ya se ve a la caballería con antorchas en la mano poniendo rumbo al norte.

Durante los tres días posteriores siguen el rastro de Pandiguando por toda la sabana. Esta vez sí le van pisando los talones. Su caballo tiene que cargarlo a él y a la cautiva y eso le resta velocidad, capacidad de maniobra. Andrónico nota que el fugitivo da rodeos innecesarios para tratar de despistarlos. Está desesperado, piensa. Sabe que ya casi le damos alcance.

El joven abogado quiere capturar al fugitivo para volver a Bogotá cuanto antes, pedir la mano de la señorita Vargas Pardo y presentarse, ahora sí, como alguien digno de una admiración sin reservas. A veces, cuando mira la mala jeta que tienen todos los hombres que lo acompañan, la violencia que transmite cada gesto, cada mueca que hacen, no tiene ninguna duda: Pandiguando no tiene la menor oportunidad de salir vivo de una persecución así. Para él es como si ya lo hubieran capturado y aquel viaje no fuera más que un trámite algo engorroso, un procedimiento burocrático de rutina. Tan confiado está en la ferocidad de la caballería y en las buenas artes de Andrónico que en sus pensamientos la cacería a duras penas ocupa espacio y lo que hace todo el tiempo es rumiar y volver a rumiar la bola de amargura que le dejó su fracaso en la corte santafereña. Todavía no logra descifrar las razones del desprecio y la humillación a la que se sintió sometido aquella tarde en la casa de Salgar. Tal vez es pura envidia de mi fama, piensa, aunque hay otra posibilidad mucho más asustadora: que aquella reunión hubiera sido una manera de hacerle saber que nunca será aceptado como un igual. Que aquel falso homenaje sería lo máximo a lo que un hombre de su linaje y posición social, un hijo de pequeños comerciantes, puede aspirar.

Amo, ¿se encuentra bien?, pregunta Andrónico. El joven tarda en contestar. Sí, dice, sólo quiero que acabemos con esto...

Usted quédese tranquilo, que yo me ocupo. Este animal no se me escapa, mi amo, téngalo por seguro.

Unas horas más tarde, Andrónico vuelve a buscarle conversación. Lo noto muy preocupado, dice. Y el joven, sin levantar la cabeza para mirar a su interlocutor, con la mirada siempre perdida en el suelo, le responde: creo, amigo Andrónico, que jugué mi corazón al azar y me lo ganó el odio. Un odio tan inmenso que ya no está adentro de mí, sino que soy yo el que flota allí en ese líquido que se ha derramado por todas partes. Floto en ese mar de odio.

He descubierto por fin cuál es mi verdadero amo, añade. Es el odio. En un momento llegué a pensar que ese amo era mi imagen, que yo era esclavo de mi imagen, pero no: es el odio. Siempre ha sido el odio. Sólo que yo no tuve el privilegio de elegirlo libremente. El odio me eligió a mí desde la cuna.

Esta vez es Andrónico quien no entiende bien al joven y guarda un silencio respetuoso.

Al cuarto día de persecución, entre las huellas y los testimonios, la caballería llega a Pueblo Viejo, una aldea a orillas del lago Tota. Allí la gente está toda encerrada en sus casas. No se ve un alma por las calles y el alcalde tiene miedo hasta de mirar debajo de su propia cama. Por haber leído a Manuel Ancízar, el abogado sabe que en esa zona la gente es muy supersticiosa, de modo que se dirige al alcalde como quien les habla a los locos, siguiéndole la corriente en todos sus delirios.

La tarde anterior han visto a dos figuras con hábito de monje franciscano zarpando a bordo de una canoa en dirección a la isla principal. Lo normal sería que a esas alturas se hubiera formado allí una cuadrilla de valientes para acorralar al fugitivo, pero nadie se atreve. Hasta allí han llegado las historias acerca del hechicero, el hombre capaz de transformarse en tigre, el sanguinario, el destripador.

El joven intenta obligar al alcalde a entrar en razón. No es para tanto, le dice. Son cuentos de la gente, folklore. El alcalde abre los ojos. ¿Acaso no fue cierto que en Honda le abrió las costillas al señor Weckbecker y arrojó su corazón a un pozo? ¿Y en Mompox no le arrancó toda la piel de la cara a Victoriano Ortuño, a tal punto que tuvieron que velarlo con el ataúd cerrado?

Al abogado no le queda más remedio que darle la razón. Así fue, dice, y se da por vencido. Nadie en ese pueblo va a colaborar con su caballería. Igual, sigue pensando que esos dieciséis matones son más que suficientes para completar la tarea. Lo más difícil ya está hecho. Ahora saben dónde está. Y, por muy salvaje que sea el tal Pandiguando, ellos son muchos más.

Los hombres se distribuyen en tres canoas y empiezan a remar tan fuerte como pueden. Hace un día bonito, despejado. El lago de Tota es no sólo mucho más grande de lo que había imaginado el joven, sino bastante más lindo. El color del agua varía entre el turquesa y el esmeralda. Están a casi tres mil metros de altura sobre el nivel del mar. Hace frío, pero el sol brilla sobre los sombreros y calienta el aire lo suficiente para que el paseo en canoa se vuelva muy agradable. Si no fuera porque tienen la misión de darle caza a un hombre, cualquiera que los viera desde cierta distancia diría que son niños exploradores de paseo por el lago.

El oleaje es muy fuerte; el agua, espesa. Avanzar no es tan fácil como parecía en un principio. Los hombres lo dan todo en los remos.

Andrónico, que tiene muy buena vista, alcanza a divisar algo de movimiento en la isla. Una figura marrón surge de entre los árboles. Se queda inmóvil encima de un farallón de rocas. El corazón del cazador palpita muy fuerte porque acaba de ver por fin a su presa.

Sorpresivamente, otra figura más pequeña se planta a su lado. Es la cautiva. Pero ¿por qué no actúa como una cautiva? ¿Es su cómplice?

Los hombres siguen remando. Las tres barcas se abren paso en una lenta fila a través de esa sustancia aceitosa de color azul verdoso. Andrónico le ha pedido al joven que vaya en la barca del final, atrás del todo, para no exponerse muy pronto a los disparos que seguramente hará Pandiguando cuando los vea llegar a la orilla de la isla. El cazador comanda la expedición.

Todavía están muy lejos para probar su puntería con las escopetas. No se debe malgastar la munición, aunque la tentación de disparar sea fuerte. Las dos figuras marrones se van haciendo cada vez más legibles encima de aquel peñasco.

Andrónico ve que la figura más pequeña saca algo de un costal y se lo lleva a la boca. ¿Es un arma? ¿Una cerbatana? Entonces se oye retumbar una nota, ni grave ni aguda pero sí cargada de armónicos. Una dulce música monocorde que hace eco por todo el espacio.

Se hace un silencio. Un intervalo mortal de viento y luz.

Y otra vez, la figura pequeña vuelve a tocar el instrumento para hacer reverberar el paisaje, que por momentos amenaza con desintegrarse como el telón de un teatro en ruinas.

El Velo de Maya subatómico tiembla ante las narices de Andrónico desde sus mismísimas bóvedas sónicas.

Aturdido por la música, el joven finge remar junto a los otros en la última canoa.

Ni siquiera sienten el golpe. Cuando se quieren dar cuenta ya están volando por los aires. Algo los ha atacado desde abajo.

Andrónico mira aterrado cómo canoa, cachaco y matones son sacudidos como guiñapos al viento por aquella cosa subacuática de la que sólo alcanza a ver, por una fracción de segundo, la cabeza. Una cabeza que no parece de pez ni de ballena, tampoco de buey. Es una cabeza lisa pero con mucho pelo tupido en los cachetes, como el pelo de los bisontes, aunque la cara propiamente dicha se diría comparable a la de un venado. Un venado del tamaño de una gran ballena jorobada.

La visión no dura casi nada. De la aparición de la criatura sólo dan fe la espuma y el oleaje cada vez más bravo. Los hombres intentan nadar de regreso a la orilla, que ha quedado fatalmente lejana. Cualquier esfuerzo es inútil, absurdo. El joven abogado lo sabe. Se conforma con mantenerse a flote, no busca ninguna orilla y Andrónico lo ve cerrar los ojos cuando aquella cosa, succionando desde abajo, se lo traga.

La música resuena otra vez y la criatura del lago celebra jugueteando cruelmente con los cuerpos de los otros nadadores. Las extremidades se separan de los troncos con cada dentellada. Los gritos armonizan misteriosamente con el sonido del instrumento, formando un lindo acorde disminuido. En una nueva aparición de la cabeza, Andrónico cree ver el vestigio de unas pequeñas astas camufladas entre el grueso pelaje. El cuerpo de uno de los hombres, todavía vivo, parece haber quedado allí clavado.

Las otras dos canoas están a punto de alcanzar la isla cuando son atacadas con dos certeros empellones del animal. La madera de una de las embarcaciones se rompe en pedazos. El animal parece muy contento y produce un escalofriante bramido de triunfo.

Todos los pasajeros de la segunda canoa sufren la misma suerte que los de la primera. La bestia los despedaza, celebra, canta, juega con los cuerpos antes de comérselos.

Sólo Andrónico y otros dos hombres consiguen llegar a la orilla de la isla. Pero para entonces ya los están esperando allí los forajidos, Pandiguando y la muchachita de doce años, bien armados con sus escopetas.

Los nadadores supervivientes están demasiado exhaustos para ofrecer ninguna resistencia.

Parapetados tras unos troncos tumbados en el suelo, Pandiguando y su cómplice disparan. Tienen munición de sobra para llenar de plomo a esos tres hombres. Hasta se pueden dar el lujo de fallar algunos tiros. Andrónico yace tirado en la orilla pero no está muerto. Ha optado por fingir y finge bien, así que los tiradores pronto dejan de apuntarle a ese bulto inerte para ensañarse con los demás, que en vano ruegan clemencia.

Unos instantes después vuelve la calma total al lago. La criatura ha desaparecido en las profundidades. Sólo se oye el trapaleo de las olas en la orilla.

Pandiguando y la muchacha han dejado de disparar hace un buen rato y ahora se dirigen a la cara opuesta de la isla, donde tienen amarrada su canoa.

Remando contra el viento tardan casi dos horas en llegar a la orilla. Allí los espera un pequeño grupo de aldeanos de Pueblo Nuevo. Son seis viejos ebanistas, alfareros y tejedoras que les tienen preparados dos caballos bien provistos para continuar la huida.

Pandiguando agradece la ayuda. Abraza a sus camaradas. Se reparten bendiciones y los artesanos encomiendan a los fugitivos a la protección de la Virgen. Una de las tejedoras improvisa una oración: cuida, madre santísima, al padre tigre y resguarda bajo tu manto sagrado muy mucho a la hija, en el nombre del Padre, del Hijo y del Espíritu Santo.

Los viajeros se cambian el disfraz de monje y asumen otras identidades falsas: un médico y su enfermera, las caras bien maquilladas para parecer más mestizos que indios, la ropa más formal, el botiquín. Toman el camino a Sogamoso y por ahí derecho agarran la antigua ruta que comunica la cordillera con los llanos orientales.

Tres días más tarde ya cabalgan por las planicies del Casanare bajo un sol tremendo. Es la tierra donde el tigre se alimenta del ganado silvestre. La tierra de los morichales, que son como pasadizos secretos que comunican el mundo de los vivos con el inframundo comandado por una corte real de guacamayas negras. Allí la caimana duerme su tranquila siesta en el barro y sólo se despierta de vez en cuando para conversar con el chigüiro, que es amigo de todos los animales y conoce mil historias del llano.

Las noches son transparentes y se ve todo el lechoso armazón celestial que sostiene la vida.

Tigre no come tigre, así que no les hace falta ni encender el fuego. Padre e hija duermen a la intemperie, felices de tanta cosa linda que hay en el mundo.

Los días son largos como el llano mismo. Pero las noches también se alargan.

A la madrugada dan ganas de cantar, de soltar el alarido. Luego, cuando el sol se pone, el ánimo cambia y los llaneros filosofan. Componen versos para curar a las vacas enfermas, para tener distraído al diablo, lejos de sus hatos.

Pandiguando no conoce bien el llano. Sólo se lo sabe de oídas y le han dicho que tiene que ir contando los ríos y mantener el sol de frente en la mañana para ir llegando a Venezuela.

Y así, por llevar la cuenta de los ríos pierden la cuenta de los días. Ni el padre ni la hija saben dónde están ni cómo se llaman las plantas o los árboles o los animales.

Vaya a saber cuántas jornadas pasan así, dejándose llevar por los caballos.

Están perdidos. Y no están perdidos. No saben dónde están pero sí en qué dirección continuar. El viaje tiene un sentido. No dos. La literalidad pulsa en la misma flecha irreversible de espacio y de tiempo.

De un día para el otro, el llano se carga de señales que indican la inminencia del umbral. Están a punto de atravesar el espejo venezolano. Sólo deben permanecer alertas a la superficie del aire, al vapor de las fantasmagorías que se sacuden aquí y allá.

No es posible saber en qué momento se pasa al otro lado. Todo parece igual en ambos extremos, como si no hubiera umbral. Y entonces los caballos ya caminan en el interior del morichal indicado, al pie de las altas palmas, siguiendo el curso de los hormigueros.

Los viajeros se detienen. Ése es el lugar. No puede ser en otra parte. Es allí.

Desmontan y caminan hasta la orilla del riachuelo que atraviesa el recinto cerrado, el ojo que ninguna mano humana ha osado abrir. El ojo que duerme despierto. El despertar mismo.

El artista lleva consigo una caja de pinturas. Padre e hija se sientan en el suelo para que el tigre pinte a la tigra. La cara de la muchacha queda cubierta de manchas. La transformación se completa con cada pincelada.

El padre tigre habla así: ahora tenés que pasar al otro lado del riachuelo. Quedate allá. Multiplicate. Fabricá muchos tigres y no volvás hasta dentro de ciento setenta años. Si vos o alguno de tus hijos se atreve a salir antes, los van a matar y los van a despellejar. Acordate bien: ciento setenta años.

La hija obedece al padre. Mete su cuerpo de tigre al riachuelo y desaparece.

El padre tigre se queda solo de este lado de la piel.

En el costado malo del ojo. Esperando.

Pasan las horas. Cae la noche. El umbral se cierra con la aparición de las primeras estrellas. Ya no hay manera de que su hija pueda ser capturada. Al tiempo le ha salido una pata nueva. Una garra nueva.

Ahora sólo queda esperar. Y la espera termina sin mucha ceremonia cuando Andrónico hace su aparición en el morichal.

Le cuesta desmontar porque trae un brazo en cabestrillo. El cazador se acerca a su presa. Andrónico se queja del frío. Enciende una pequeña hoguera. El tigre lo deja hacer. No se mueve.

Con el fuego de por medio, los dos animales permanecen sentados el uno frente al otro. Se miran. Se miran. Se miran. Se miran.

Ithaca, Ciudad de México, Cajibío, Ithaca
Marzo de 2020-marzo de 2022

ÍNDICE

Primera parte
GORGONA. 1850-1852
9

Segunda parte
EL JARDÍN DE LOS PRESENTES
163

Tercera parte
TIGRE NEGRO. 1855
191